蔡澜旅行食记

蔡 澜 / 著

青岛出版集团 | 青岛出版社

图书在版编目（CIP）数据

蔡澜旅行食记 / 蔡澜著. -- 青岛：青岛出版社,2021.6
ISBN 978-7-5552-9629-4

Ⅰ.①蔡… Ⅱ.①蔡… Ⅲ.①随笔-作品集-中国-当代 Ⅳ.①I267.1

中国版本图书馆CIP数据核字（2020）第198449号

书　　名	蔡澜旅行食记 CAI LAN LÜXING SHI JI
著　　者	蔡　澜
出版发行	青岛出版社
社　　址	青岛市海尔路182号（266061）
本社网址	http://www.qdpub.com
邮购电话	0532-68068091
选题策划	贺　林
责任编辑	贾华杰
特约编辑	蒋　莹
插　　图	苏美璐
设计制作	蒋　晴　杨晓雯
制　　版	青岛乐道视觉创意设计有限公司
印　　刷	青岛海蓝印刷有限责任公司
出版日期	2021年6月第1版　2025年7月第4次印刷
开　　本	32开（889毫米×1194毫米）
印　　张	8
字　　数	170千
图　　数	42幅
书　　号	ISBN 978-7-5552-9629-4
定　　价	59.00元

编校印装质量、盗版监督服务电话　4006532017　0532-68068050
建议陈列类别：生活类　饮食文化类

编校印装质量服务

| 目 录 |

第一章 / 在路上

想　吃	002
湖南湖北之旅	006
十号胡同	016
杭州之旅	020
大连之旅	024
情忆草原的羊宴	028
爆肚冯金生	036
赣州之旅	040
厦门之旅	044
我的上环散步	052
重访澳大利亚（上）	056
重访澳大利亚（下）	060
不丹之旅	064

曼谷R&R	070
台北四十八小时	074
九州岛之旅	078
龟之井别庄	082
迪拜之旅	086
希腊之旅	090
土耳其之旅	098
华沙之旅	102
四季和安缦	106
芽庄安缦	110
重访北海道	114
莫斯科掠影	118
普希金咖啡室	122
北极光！	126
柏林之旅	130
部队火锅	134
秘鲁之旅	138
阿根廷之旅	150

第二章 / 饮食话题

关于健康	164
饮食闲聊	168
饮食节目问答	172
浅　尝	176
我的吃牛经验	180
油炸的爱与憎	184
杯面颂	188
冷食颂	192
闲谈酱料	196
我喜欢的酱菜	200
水	204
鱼卵与鱼精	208
咸酸甜	212
谈粽子	216
谈荔枝	220

鳗与鳝	224
鱼中贵族	228
香云纱与伦教糕	232
御田（oden）	236
印度没有咖喱	240
可否食素？	244

第一章

在路上

想 吃

在国内众多杂志中,《三联生活周刊》是一本可读性颇高的读物。

杂志的资料收集得相当齐全,尤其是特辑。像第七二一期的《最想念的年货:寻寻觅觅家宴味道》,甚是精彩。初一以春卷开启正月,初二年糕,初三桂花小圆子,初四枣泥糕,初五八宝饭,初六火腿粽子,初七双浇面,初八豌豆黄,初九素馅饺子,初十腊味萝卜糕,十一干菜包,十二菜肉馄饨,十三芸豆卷,十四包子,而十五则以汤圆来结束过年。这些食物满足了东南西北的读者,尤其是那些背井离乡的,一定会有一种食物可以慰藉你味觉上的乡愁。

接下来,杂志详细地报道了香港的腊味、慈城的年糕、顺德的鲮鱼、湖北莲藕与洪山菜薹、秃黄油、盐水鸭、天目笋干、灯影牛肉、汕尾蚝、白肉血肠、湖南腊肉、宁波鱼鲞、苏北醉蟹、叙府糟蛋、霉干菜、锡盟羊肉、香港海味、酱板鸭、金华火腿、天府花生、浙江泥螺、广西粽子、四川香肠、大连海参、漾濞核桃、福州鱼丸、石屏豆腐、东北榛蘑、藏香猪、红龟粿、清远鸡、宣威火腿、闽南血蚶、油鸡枞、米花糖等等。

你一定可以从中找到一些自己从小吃的，但也有更多你听都没听过的，这会让你感到中国之大、自己的渺小，做三世人，也未必一一尝遍。况且列举的这些，许多只是原食材而已，还有更多的做法。

杂志有个特约撰稿人叫殳俏，她大老远地从北京来到香港深入采访，更是去了潮汕和其他很多地方，数据是从她多年来为这本杂志写的专题中选出来的。

《三联生活周刊》的记者更是遍布中国各地，由他们写自己最熟悉的食材，而不去介绍什么名餐厅、大食肆，是很聪明的做法。因为这些餐厅、食肆不是大家都能去的，也不是众人都能吃得起的，而食材的介绍和推荐，别人就没话可说了。

这其中不能说没有《舌尖上的中国》的影响。但文字的记载跟纪录片的影像不同，它可以给读者留下很大的想象空间，有时，甚至让人觉得比真正吃到更美味。

最有趣的是《秃黄油》这一篇。从名字说起，秃黄油这道菜来自苏州，而苏州有些菜极其雅致，名字却古怪。其实"秃"字就是苏州话的"忒"，是"特别纯粹"的意思。这道菜纯粹以蟹膏和蟹黄为原食材，用纯粹的猪网油来炮制[1]。蟹膏要黏，也要腻，其他菜都怕这两种口感，但秃黄油非又油又腻又黏不可，用它来送[2]饭，真是天下美味。这种搭配只有中国人才想得出来。

油腻吃过，来点蔬菜。我这一生，最爱吃的是豆芽和菜心，

---

1. 炮制：粤语，用心做。
2. 送：粤语，一边儿是菜肴、小吃，一边儿是主食或酒，两者搭配着吃或喝。

而紫红色梗的菜心最甜了。菜心又叫"菜薹"，杂志中介绍的洪山菜薹，令人向往。

菜薹是湖北人的骄傲，同纬度产地之中，也唯有湖北洪山的菜薹最清甜可口，很早就被当成贡品。流传至今的，有三国时期孙权的母亲病中思念洪山菜薹，孙权命人种植洪山菜薹为母解馋的故事，故洪山菜薹亦叫"孝子菜"。苏东坡三次来武昌，据说也是为了找菜薹。我这次刚好要去武汉做推销新书的活动，已托友人找洪山菜薹。可惜对方说那时菜薹已有点过季，那边土话叫"下桥"，但答应我找找有没有"漏网之菜"。

很多读者都知道我是一个"羊痴"。看杂志中的介绍，什么地方的羊肉菜肴最美味？单单是羊汤一例，就有苏州藏书羊、山东单县羊、四川简阳羊和内蒙古海拉尔羊的四大羊汤，究竟哪里的羊肉敢称"天下独绝"？

在内蒙古，有一个叫锡林郭勒盟的地方，简称为"锡盟"。住在当地多年的记者王珑锟给我推荐了多种羊的吃法，他从烤全羊开始介绍，最后反而没有提到羊汤。但不要紧，其中最吸引我的，是他说的奶茶和手把肉。

当地人的早茶可以从八点喝到十点，除了奶茶和手把肉之外，还有炸果子、肉包子、酸奶饼，再加上佐蒜蓉辣酱的血肠、油肠和羊肚。

手把肉的做法：白水大锅，旺火热沸，不加调料，原汁原味。煮好的手把肉乳白泛黄，骨骼挺立，鲜嫩肉条在利刃下撕扯而出，吃时尽显男儿豪迈。

锡林郭勒盟的奶茶则与香港人印象中的完全不一样。牧民把煮熟的手把肉存放起来,等到再吃时,把羊肉削为薄片,浸泡在滚烫的奶茶之中。奶茶是用牛奶和砖茶混合熬成的,既可解渴,又能充饥,还帮助消化呢。

看了这篇文章之后,说什么我也要找个机会到锡林郭勒盟去一趟了。

我近年来爱上吃核桃。当零食的话,没有什么比核桃更好的了。于是,我开始收藏核桃夹子,每到一地必跑到餐具专卖店询问有没有什么有趣的核桃夹子,加上网友送的,我已拥有近百把了。而核桃是哪里的最好吃呢?欧洲各国都有核桃,但质量不稳定。去了澳大利亚,在墨尔本的维多利亚市场找到一种,很满意。

中国的,我一向吃邯郸的核桃,可惜在香港买到的,其中掺杂了不少仁已枯干的,剥时一发现就深感不快。中国核桃,还有什么地方出产的比邯郸的更好?在《三联生活周刊》中一找,看到了有漾濞核桃,如果没有杂志的介绍,我可真的不知道,连名字也不会读。

那里的核桃仁像七成熟的白煮蛋那么细滑,果皮嫩得像半透明的糯米糍。读文章才知道在漾濞还有一种专吃嫩核桃的猪,那可比吃果实的西班牙黑毛猪高级得多。看样子,在核桃成熟的九月,我又得向云南的漾濞跑了。

湖南湖北之旅

为了宣传我的自选集,到各地去做签售活动。三联书店的同事认为二三线城市可以以后再去,而我自己却颇为注重。一听到湖南长沙有书店邀请我,我即刻联想到湖北武汉。那里有一位我的读者,叫张庆。她常出现于电视台、电台,又主编一本当地畅销的杂志《大武汉》,在当地声誉甚佳。

"武汉离长沙多远?"我在微博上问张庆。当今的联络方式,微博比电话、电邮、传真更方便。

"乘高铁,只要一个多小时。"她回答。

就那么决定,来一场湖南湖北之旅。其实,去的只有这两个省的省会长沙和武汉,其他地方就没时间到访了。

乘飞机,不到两小时就飞抵长沙。当今是春天,是百花齐放的时节。公路旁有一株株的大树,只有黄花,不见叶子。问树叫什么名字,对方回答:"迎春花。"

第一次见这种花,但在被污染的空气的笼罩下,整个城市黑漆漆、阴沉沉的,花再美,也没心情去欣赏了。

下榻的喜来登酒店为五星级,很像样,干干净净。房间冷,空调控制器上显示着温度，怎么调也调不高，只有请服务员多来张被单。

放下行李，就往主办单位的书局跑。那里有茶座和餐厅，午餐就在那儿解决。

来到长沙，不吃红烧肉怎行？上桌一看，颜色和光泽是对路的。一吃发现，肥的部分烧得极好，味道也不是太甜。由香港带去的助手杨翱问道："瘦肉应该那么柴吗？"

当然不应该做成这样。我吃过好的，肥瘦皆宜。这不是菜的问题，是厨子的问题。

菜一道道地上。我一早吩咐，中午时间随便来碗面好了，但是还是不见面，只见菜。菜款式虽多，但留不下印象，直到吃了蔬菜和鸡蛋，才大声赞好。

原来蔬菜和鸡蛋是由当地美食家古清生先生供应的，他著有《人生就是一场觅食》和《食有鱼》等书。古清生先生在神农架林区自己种植蔬菜和放养鸡，听到我来，特地老远地带来给我吃，真是有心了。

古先生还有自己的有机茶园，沏了他的红茶，味甚美。绿茶我一向不喝，但他以冷泡方式做出的绿茶，非常清香。冷泡这种沏茶法当今在各地流行：把干净的茶叶放进矿泉水中，浸一晚，翌日饮之。喜喝热的加滚水就好了，否则就喝室温的，至于会不会释放出大量的茶碱，就不去研究那么多了。古先生茶园茶的产量不多，各位有兴趣的话，上网搜索"古清生茶园"就能找到。

晚上的读者见面会也很成功，讨论的多是知识性的话题。完毕后主办单位很客气地招呼[1]我们去娱乐一下:"北京叫'首都',长沙叫'脚都'。"

原来,就是去沐足。长沙人最大的娱乐就是做脚底按摩。那么多人做,应该有一定的水平吧?于是就和大家前往。结果,也不过如此,普普通通。

按摩这回事,不可能每一位技师都是标青[2]的,一定得找达人带路才行,那就是专家了。我自己不敢自称为吃的专家,但如果我在香港带人去吃饭,店的水平就会有保障。

翌日一早,到当地人认为最好的一家叫"夏记米粉"的小店去吃早餐。长沙人不太吃面,只吃粉。所谓的粉,是像上海面或日本乌冬一样的白"面条",和广东的沙河粉或越南的pho[3]又相差甚远,没什么味道,吃时在上面加料。

店里也卖面,要了一碗,是干瘪瘪的面条,全无弹性,又没味道。在长沙,人们没有吃面的传统,那里的面和兰州的拉面一比,就知道优劣。

在抗日战争时期,长沙实行焦土政策,几乎烧毁了整座城市,没留下什么古迹。路上的砖头重新铺过,设计了图案,较其他城市有文化得多。我们一路散步到江边,这里的建筑虽仿古,但一点古风也没有,甚至带了点俗气。

中午,我被邀请到全市最有代表性的食肆——火宫殿。这是游客必访之地,又被称为"长沙小食速成班",只要吃遍这家餐

---

1. 招呼:粤语,招待。
2. 标青:粤语,拔尖儿,超群,出色。
3. pho:英语,越南河粉。

厅的食物，就能了解长沙的饮食文化。

该店主人知我前来，很客气地安排了一个很大的套间。

桌上出现了春风才绿、桩蕨双笋两种冷碟，接着上的传统湘菜有五彩裙边头、阳华海参、毛家红烧肉、东安炸鸡、发丝牛百叶、蛋黄卤虾仁、豆棒蒸鳜鱼、腊味合蒸、小炒花猪肉、熏灼冬苋菜。再有经典小吃臭豆腐、糖油粑粑、龙脂猪血、葱油粑粑、芝蓉米豆腐、脑髓卷六种。

到了我这个阶段，可以不必说客套话了，那么多菜，并没留下什么深刻的印象。总之最想吃，又觉得长沙人会做得最好的是红烧肉，结果都是肥肉不错，瘦肉没有一家做得好。也许家庭妇女才会烧得出色。

至于黑漆漆的臭豆腐，外面都烧得脆，而里面不嫩的居多，而那些叫什么粑粑的民间小食，纪录片拍起来美，外地人吃不惯而皱眉之时，都会被当地人骂为"土包子"。一笑。

无论如何，传统的东西，都较外来的好。被当地美食家们请到一家被认为最高级的餐厅去，出来的第一道菜，竟然是一个大碟，储满冰，上面是几片颜色鲜得暧昧的鲑鱼刺身，真是让人啼笑皆非。

从湖南的长沙到湖北的武汉，只要一小时二十六分钟。中国高速铁路的发展，使武汉成为一个枢纽。这个从前被认为交通不发达的工业城市，如今已成为旅游城市了。

高铁发展惊人，速度自不必说，车厢是干净的，座位是舒适的。一等座和二等座的分别，只是前者的腿部位置更为宽敞而已。而从长沙到武汉的票价，一等座只要二百六十四块半，二等座则便宜了一百块钱。怎么说呢？票价比日本的新干线合理得多。

列车很安稳地运行，不觉摇晃。靠门空位上有数张塑料矮凳。咦，那是干什么的？一问才知道是给没有座位的客人坐的。而塑料凳子是谁供应、谁带来的，就问不出所以然来了。

湖北话很像四川话，但在这节车厢中听到的方言，我就一句都不懂了。妇女们在手提电话中大声交代家佣琐碎事，几条大汉的对白听起来像争执。这一小时二十六分钟的车程，没法休息一下。

长沙的火车站建得美轮美奂，武汉的也一样。网友张庆和她的同伴小蛮来迎接，张庆是《大武汉》杂志的主编，同时来的还有崇文书城的企划部经理熊芳。行李可推到停车场，和各大机场一样。

车子往市中心走，看到大肚子的烟囱，像核电站的数十米高的那种，想起那是武汉钢铁厂。读书时课本里也提起，武汉是中国重工业基地。

酒店在江边，五星级的马哥孛罗，这几年才建的。我记得上次来武汉，已是十多年前的事。当年由一位电台主持人接待，他名字不容易忘记，姓谈，名笑。当时恰逢夏天，大家都把很大张的竹床搬到街上，一家大小就那么望着星星睡觉。问张庆还有没有这回事，她摇头，说星星也看不见了。

这次同行的还有庄田，她是我微博上的"护法"，特地从广州赶来。还有网上"蔡澜知己会"的"长老"韩韬，他是济南人，在长沙读博士，和太太一起来。一群人分两辆车，浩浩荡荡来到酒店，把行李放下，先去酒店的餐厅医肚[1]。

如果你稍微注意，就知道武汉人最喜欢吃的，就是鸭脖子了。

---

1. 医肚：粤语，填饱肚子，吃点儿东西。

也不管餐厅同不同意，张庆的同伴小蛮就把一大包鸭脖子拿了出来。肚子饿，菜没上，就啃鸭脖子。

我对那么大块的鸭脖子没有那么大的兴趣，吃得最多的是天香楼的酱鸭，脖子部分也切得很薄，仔细地咬出肉来。这里的酱料有点辣，友人都担心我吃不了。他们忘记我是吃辣椒长大的。

鸭脖子味道不错，同样卤得很辣的是鸭肠。我还以为鸭脖子是湖北传统小吃，原来是近十几年才流行起来的。大家爱吃颈项，那么剩下来的肉怎么处置？原来都真空包装，卖到外省去也。

食物也讲命运和时运。十多年前，这里流行吃的是烤鱼，用的是广东人叫为"生鱼"的品种。这种鱼身上有斑点，身长，头似蛇，故外国人称为 snakehead fish，东南亚一带卖得很便宜。而今，武汉的街头巷尾，已少见有人吃了。

这次行程排得颇密，也是我喜欢的。既然外出做宣传活动，就得多见传媒，多与读者接触。我这几天肩周炎复发，睡得不好，但还是有足够的精神和大家见面。

第一场活动安排在晴川阁举行，此阁得名于崔颢的名句"晴川历历汉阳树"。当天下着毛毛雨，张庆担心这场户外活动的效果会打折扣，我倒觉得颇有诗意。这地方我上次来过，有些名胜去了多次都记不起，这里我一重游即刻认出，想想也是缘分吧。

搭了一个营帐避雨。等到读者来到时，雨已停了。现场气氛热烈，读者所问的问题也多是高水平的。我问他们是怎么认识我的，是通过电视的旅游节目，还是看过我的书。答案是后者居多。

活动后就在晴川饭店吃饭。这家店位于晴川阁后花园，由一群志同道合的文人雅士合办，布置得并不富丽堂皇，但十分幽雅。

主人很用心，当日专门雇了一艘渔船，在长江中捕捞河鲜，有什么吃什么。

菜有周黑鸭、凉拌野泥蒿、洪湖泡藕带、长江野生虾、沔阳野山药煮鳜鱼丸、乡村野蛋饺、花肉焖干萝卜、腊肉菜薹、黄坡炸臭干子、野蕨芹炒肉丝、野藕炖腊排、鸭片豹皮豆腐、腊肉煮豆丝等，还有记不清的多种小吃与甜品。

未去湖北之前，我就对闻名已久的洪山菜薹大感兴趣。菜薹就是广东人最熟悉的菜远，也叫"菜心"。但洪山的，梗是红颜色的。红色菜梗的菜心，在四川各地也有，香港罕见，只在九龙城一家闻名的药店旁边的菜档子有售。这种菜心很香，吃起来味道又苦又甜，口感十分爽脆，可惜当地人说此时已经"下桥"了，这是过季的意思。学到这个词也不错，下回遇到湖北人，就能用上。

张庆替我找到针灸医生，治肩周炎。

见到一中年人，带着一个年轻的。原来后者才是医师，叫范庆治，只有二十七岁，前者是他的助手。范医师是著名中医尉孟龙的得意弟子，给我扎了几针。我睡了个好觉，翌日精神饱满，吃早餐去。

武汉成为旅游城市之后，有两个旅客必到的名胜，那就是武汉大学的樱花大道和专吃早餐的户部巷。户部巷不过一百五十米长、三米宽，在明朝嘉靖年间的《湖广图经志书》中已有记载。所谓户部，是古代掌理户籍、财政收入和支出等的官署。

最先到的店铺叫"四季美汤包"。张庆面子广，跟老板说起有宴请，老板当天就不做生意，把店留下来让我们吃个舒服。

一大早，我们将巷子里所有的小吃都叫齐。除了汤包，还有徐嫂鲜鱼糊汤粉、馄饨大锅、老谦记枯豆丝、蔡林记热干面、豆腐脑,以及种种记不起名来的小食。

汤包蒸起,打开盖来一看,笼底铺着针松叶子,汤包皮薄,里面充满汤,和靖江的汤包可以较量。武汉的汤包以前用猪油,在蘸醋和姜丝的碟子中常有一层白白的猪油,当今已无此现象。

鲜鱼糊汤粉的做法是把小鲫鱼用大锅熬煮数小时,连骨头都化掉,再加上生米粉起糊,撒上黑胡椒粉去腥。软绵绵的细米粉用滚水一灼[1],入碗,浇上熬好的鱼汤、葱花和辣萝卜。上桌后,武汉人把油条揪成一小截一小截的,浸泡在糊汤里,即使冬天吃也会冒汗。

馄饨本以武昌鱼为馅料,纯鱼肉,不用猪肉,包得比普通馄饨大两倍。鱼肉无刺无腥,比猪肉细嫩。当今武昌鱼贵,就改用鳊鱼制作。

豆丝是把大米和绿豆磨成浆做的湖北主食,可做汤豆丝、干豆丝和炒豆丝等。炒又分为软炒和枯炒。枯炒,主要是用油煎烙,做好后放凉,等豆丝枯脆。然后另起小锅,将牛肉、猪肉和菌类用麻油炒热,浇在枯豆丝上面。

热干面,就是把面煮熟后加芝麻酱。湖南和湖北的热干面下很少的碱水,面本身不弹牙。一方人吃一方菜,当地人极为赞赏热干面,就如广东人赞赏云吞面一样。

豆腐脑则是有甜的,有咸的。别的地方的人通常只叫一种,但武汉人是又吃甜的,又吃咸的,两种一块叫来吃才过瘾。

吃完早餐,又吃中餐,我们在武汉好像不停地在吃。

---

1. 灼:粤语,涮,氽。

和张庆的朋友们跑到东湖。杭州有西湖，武汉有东湖，东湖的面积是西湖的数倍。我们就在湖边烧火饮茶，颇有古风。

湖的周围建起了好几间农家菜式的土餐厅，用湖中捕捞到的鱼做菜，但并不出色。如果有哪位湖北人脑筋一动，到顺德、东莞等地请几位师傅，把鲤鱼、草鱼和鲇鱼蒸、煎、焗、煮，变化了又变化，一定会让客人吃到前所未有的惊喜。反正菜料是一样的，何乐不为？

饭后到崇文书城参加读者见面会，地方大得不得了。武汉看书的人比其他城市都多，问他们的电视节目有没有湖南卫视做得那么好，大家都摇头，说喜欢看书多过看电视。

书城经理熊芳说，参加这次签售会的人，比历来参加纯文学作家签售会的人都多。我庆幸自己是一个不严肃的"纯文学"人，吊儿郎当，快快乐乐。

为什么武汉人不爱看电视？到了武汉大学就知道。这个大学非常大，简直是一座城市。武汉除了武大还有多所大学，高校在校学生人数约占总人口的十分之一。武大校园里种满樱花，成为可以收费的景点。我们到达时，和洪山菜薹一样，樱花已经"下桥"了。

在大学校园中做的那场演讲，学生提问踊跃，我的答案得到他们的赞同。

离开之前，张庆带我到民生甜食店吃早餐。这家店当今已成为连锁的，但总店的菜品相比来说是更正宗、更靠近原味的。

我印象最深的菜叫"豆皮"：把大米和绿豆磨成浆，在平底大锅中烫成一张皮，铺上一层糯米饭，撒卤水肥肉丁，将皮一翻，下猪油，煎熟后用蚌壳切块（如今改用薄碟和锅铲）。早年不加鸡蛋，生活好转后才加的。我怕这种手艺失传，把过程拍成视频，上传到微博，留下一个记录。

同样拍下来的有糊米酒：锅中煮热了米酒，在锅边将糯米团拉成长条贴上，烙熟，再用碟边一小段一小段切开，推入热米酒中煮熟。糊米酒味道虽甜，但十分特别，即使不嗜甜的人都会爱吃。另有一种叫"蛋酒"的，有异曲同工之妙。

其他典型的地道早餐有重油烧梅。烧梅，就是我们常说的烧卖，使用了糯米、肉丁和大量的猪油。另有灌汤蒸饺、生煎包子、红豆稀饭和鸡冠饺。鸡冠饺其实就是武汉人的炸油条，炸成半圆月形，又说似鸡冠，薄薄的，个子蛮大，内里肉末极少，这才适合武汉人的口味。

北京叫"首都"，上海叫"魔都"，长沙叫"脚都"，武汉本来可以叫"大学之都"。当今生活水平提高，很多人都懒得吃早餐，但武汉人还能保留这文化传统，而且重视之，把它当成过年那么重要，叫为"过早"。所以，武汉更应该叫为"早餐之都"吧。

十号胡同

广州的十号胡同终于在二〇一三年八月二十九日正式开业。

这个我有份参与的美食坊有个故事,得从头说起。二〇一〇年,我到马来西亚拍电视节目,去了一个叫"幸福岛"的度假村,认识了十号胡同的创立者杨肃斌。他带我到马上要营业的十号胡同,这是一个把吉隆坡著名小吃集中在一块儿的地方。

"怎么没有金莲记呢?"我问。

金莲记是我到吉隆坡最喜欢吃的福建炒面摊,我拼命向各位同好介绍,因而得到老板的信任。杨肃斌的手下去游说金莲记的老板,没成功;我一叫,他即刻来了。金莲记当今成为十号胡同的主角之一。

杨肃斌是马来西亚的巨富,被封为 Tan Sri[1]。他的集团拥有单轨火车、净水工程、房地产等等项目,是当地的十大企业之一。他和中国香港很有缘分,年轻时娶了《欢乐今宵》的"阿妙"陈仪馨,太太仙游后发誓不再娶,做人很有义气。

那么一个有钱人,为什么那么热衷去搞这么一档小生意?他

---

1. Tan Sri:丹斯里,马来西亚封衔。

的解释非常简单：这些从小吃到大的街边摊，要是不好好保护的话，就会一档档地消失。

我也主张，和保护濒临绝种的动物一样，濒临绝种的美食也应该保护。所以我和杨肃斌一拍即合，成为好友。

吉隆坡的十号胡同有几十个摊位：客家传统酿豆腐、老婆多小厨、BiBiQo、金马律薄饼、南洋十号咖啡、东方美食、中华海南鸡饭、品芋肉骨茶、烧鸭王、QQ麻糍、何荣记、汉记靓粥、Society Bistro、汕头潮州糜、ice room、燕美路正庄猪肉丸粉、Yakitori Hanabi、鸿泰、老油记、礼饮茶、津记、金莲记等。

美食坊请了日本名家设计，走入其中像跌入一个迷魂阵，也如走进胡同，又加上它开在最旺的 Bukit Bintang 路十号，所以名字叫为"十号胡同"。

在不断改良之下，十号胡同生意滔滔，最旺时每天有一万五千人来吃，成为旅游景点之一。

香港有中环，广州没有，就打造一个，结果就有了珠江新城。在众多的大厦中，好友胡志雄买了两层，问我可做些什么。想到杨肃斌说十号胡同已成熟，可以往外发展，就和他说起。杨肃斌问我什么时候，我回答愈快愈好。接着他一声不出，即刻带了三十位小贩杀到广州，看了地点，大家都认为此事大有可为，就此决定。

中间当然遇到了种种困难，也不必去提。广州十号胡同成立起来了。

为显正式，杨肃斌请了马来西亚旅游促进局主席黄燕燕、拍了多部好莱坞大片的杨紫琼和世界著名品牌JIMMY CHOO 的设计师周仰杰前来剪彩。

杨紫琼本人一点架子也没有，谁请她合照都来者不拒。在饭局中我见到她坐下又站起，有点心疼。她记性真好，说刚刚来港时多得我照顾。那是多年前的事，我也没有做什么帮得了她事业的大事，只是当时客气地说随时打电话给我，现在得她那么说起，颇觉脸红。

想不到周仰杰是马来西亚人，他的中文名字知道的人不多，但JIMMY CHOO 可是无人不识，世界各大城市都有他的鞋店，皇亲国戚与好莱坞巨星都争着要穿他的作品，美国的电影、电视的对白之中也常有他的名字出现。

遇到他本人时，我问了自己最感兴趣的问题："你是怎么成为一个鞋子设计师的？"

"我父亲做鞋子，我踏上这条路也理所当然。家父移民到英国，把我送到最好的学校学设计，这是后话。"他回答。

虽然这么轻描淡写，但其中必定少不了他过人的智慧和不断的努力，他加上一句："遇到知音的提拔，也有决定性的作用。"

"现在还亲手做鞋子吗？"

他即刻脱下脚上的鞋，说："中国人过年有买新鞋的习惯，我认为有大喜庆也应该穿新鞋。广州有我教学的学院，昨晚在那里找到工具，我就做了这一双。我们做鞋，很快的。"

"连黛安娜王妃也要找你做鞋子，天下美女的脚都给你摸了。我们有一位导演叫李翰祥，他是一个'恋足狂'，要是他知道当鞋匠也可以当得那么厉害，早就转行了。"我打趣道，他也大笑。

开业时，杨肃斌的演讲很有意思，他说："我们的祖先来到南洋，主要是赚钱吃饭，那时候南洋比他们的家乡富裕。当今中国强了起来，我们的小贩回过头来在这里赚钱吃饭，是件好事。我们没有忘记刻苦耐劳的精神，我们也比较保守和固执，连味道也是，食物是从中国带去的，现在我们又带回来，相信大家都吃得惯。当年我们的祖先都穷，所以要吃平、靓、正的东西，就是便宜、干净又好吃的，我也带着这种精神来到广东，希望大家喜欢。"

杨先生还强调小贩做的是 comfort food[1]。这类食物，我一直找不到适当的中文译名，想吃的话来十号胡同好了。

这里卖的都是 comfort food，你吃过就知道。

---

[1] comfort food：英语、安慰食品（给人安慰温馨感觉的，尤指自家做给孩子的含高糖或高碳水化合物的食品）。

杭州之旅

从香港直飞杭州的飞机，发展到一天五班了，杭州机场也由从前去的那座大厦，左右又加了两大栋，规模愈来愈大。整个杭州市和别的城市没什么分别，一味是大，高楼林立，但交通又完全阻塞。

这次去是应主持人华少和老友沈宏非的邀请，做的不是饮食节目，而是一个谈书节目，叫《华少爱读书》。中国那么大，谈书的节目寥寥无几，非支持不可。

利用这个机会，我去做签售活动，三联这个大出版社的推广并不主动，只有我自己安排，为我的自选集宣传宣传。说是销书，但一次活动能卖多少本呢？见见读者，倒是主要目的。

活动在市内一家商场中的新华书店举行，店很大，来了几百位读者，都斯斯文文的。问答活动做过后就为大家签名。其他地方的活动，人一多就混乱了，我就没时间为读者写上他们的名字。杭州的活动人也不少，但有秩序，我不但满足了所有人的签名要求，还一一和大家合照，活动圆满结束。

接着便是当地报纸和杂志的访问了，对我来说这已是轻而易举的事，希望的只是记者对我的认识多一点，少问些我已经回答了多次的问题。

但要问的始终得问，问题跳出来了："你对杭州的餐厅有什么评价？"

情结是最难解开的，你一有大家不同意的答案，对方的脸色就会一下子沉了下来，你就可能和他差点打起架来。但我到了这个阶段，已经付不起对自己不忠实的代价。

"不好吃。"我板着脸发言。

"这……这话怎么说？"眼看对方忍住了，没发脾气。

"我每回来杭州试菜，都没吃到满意的，一次又一次，餐厅里的杭州菜让我觉得失望。"

"你从来没吃过好的杭州菜吗？"

"有。"

"在哪里？叫什么餐厅？"对方看到一线曙光。

"叫'天香楼'，在香港。"

对方不以为然："吃了什么菜？"

我如数家珍："酱鸭、鸭舌头、马兰头……"

还没说完，已被打断："我们这里每一家餐厅都有。"

"是的，但是马兰头切得不幼[1]，豆腐干也不细。这么做，马兰头的香味是跑不出来的。在这里吃过的酱鸭和鸭舌头，也干干瘪瘪，卤得不是太咸就是太甜……"

对方知道我懂得一点点，也认为我说得没错，问道："还有呢？还有呢？"

---

1. 幼：粤语，横剖面小、细。

"还有蟹粉炒虾仁、东坡肉、爆鳝背和咸肉塔菜……"

"这些我们都有,当今清明前后,不是塔菜的季节,你们那里也应该没有。"

"有,前几天去吃还有,是去年冬天留下来的,用报纸包住,放在冰箱里头,打开来,只采塔菜的芯来吃,其他扔掉。"

对方答不上嘴来:"还……还有,还有呢?"

"对了,还有馄饨。"

"馄饨?"

"是用一个大砂煲,放一只鸭子炖好几小时后,铺上小孩手臂那么粗的金华火腿,加用草鱼打的鱼丸、西湖蔬菜、小白菜等继续煲,上桌时,再把几粒馄饨推进汤中。"

对方不再说了,访问结束。

临走时,我说:"杭州还有很多家庭主妇做菜拿手,应该做得比香港餐厅更精彩。"

翌日,上读书节目。华少和沈宏非在内地很红,本来有位女士,但也许录像那天她没空,由一位新人代上。

到达杭州电视台,整个大厅搭了布景,不知是为了什么大型节目,后来才知道是为我们而搭的。读书节目还能花那么大本钱,着实难得。

剧情是这样的:宏非和华少二人漂流到一个孤岛上,寂寞难耐之时,一位打扮成海盗的美女划了小艇,把贵宾——那就是我——送到了孤岛。我拿了一批书,给他们阅读。

我们三个人一聊起来就没完没了,这的确是一个比综艺更精彩的清谈节目。电视始终不能不让人转台,即使主题为读书,节目也得轻松。

我们由书说到吃，又讲起人生。宏非兄时不时作弄一下扮海盗的小姑娘，令人大乐。华少知识广博，任何话题都能搭上。我们三个人擦出了火花。

节目做得成不成功，只要看摄影师和灯光师的反应就可知道。老生常谈，他们已听厌，昏昏欲睡。只要用眼角瞄一下，看他们听了掩嘴而笑，而且后面的工作人员走出来听的愈聚愈多，且都捧着肚子，就知节目很成功。节目出街[1]时，绝对要有一定的娱乐成分。电视不是娱乐，是什么呢？

已经力倦神疲，不想去什么餐厅试菜了，就和同事散步到酒店附近的小巷中找些小吃，如此往往有意外的惊喜。结果早餐和晚餐都那么解决，谢绝一切应酬，舒服得多。

"来了杭州，不去西湖吗？"有人问。

我摇头。不去的原因我再三讲过：西湖已被各地游客霸占，湖边人山人海，天气一热，体臭难闻。陪我游杭州的韩韬兄还是忍不住，私下走了一趟，后来他发表的微博评论颇为中肯：

"西湖是三两个人的西湖，不应是所有人的。我与妻走在堤畔，脑中是这样的想法。想着伸出拇指，就那么抹一抹，那些多余的人，如烟成缕地去了，如是最好。西湖是美的，浓妆淡妆皆宜，但西子，只该是你的，或者我的，而不是我们的。"

---

1. 出街：粤语，（电影、电视剧等）向外播放。

大连之旅

又要到大连去公干。上回去，已是十几二十年前的事，我年老神倦，已经忘记吃过什么，没有什么印象，连在什么地方吃早餐也想不起，就在微博上发了一个消息，请教当地人。

经三个多小时飞行，抵达大连时已晚，也不想出去，在酒店胡乱叫些房间服务算了。这回下榻的是希尔顿，这个牌子在香港已消失，但在内地还是很吃香，这家听说是当今大连最好的酒店。

翌日一早起身，查微博，网友们纷纷推介美食，很出奇地出现一个名词，叫"焖子"，都说焖子一定要试。那到底是什么样的东西？我好奇得不得了。

因为还有访问要做，不能走得太远，就问酒店哪里有焖子吃。工作人员都笑说那是下午和晚上吃的玩意儿。"那么你们大连有什么值得吃的早餐？"年轻人都回答不出。微博上有人提到兄弟拉面二十四小时营业，对方想起附近就有一家。

驱车去了，这是家连锁店，看墙上挂的餐牌，选择并不多。我们只有两人，把所有的面条都叫齐，满满的一桌。其他面并没留下印象，反而是冷面不错，味调得好，可以和韩国的比拼。

心中又嘀咕，如果每一个城市都和武汉一样，注重早餐，花样多得不能胜数，像过年一样，把吃早餐叫为"过早"，那有多好！后来回到香港才想到，在我那本《蔡澜食单·中国卷》里找到写大连的那篇，其中记载了在菜市场吃的早餐，于是大打自己的屁股一下。当年我还在那里吃了海胆捞豆腐脑呢，现在提供数据给将去大连的读者也不迟："大连市沙河口区西安路。"

回酒店后，开始工作。记者问当今的大连和十几年前的有什么不同。我回答，从前还有些古老的建筑物，当今给全国相同的大商家广告牌包住了。中国的城市，长得愈来愈一模一样了。

吃还是不同的，溜了出去，到我信得过的网友"韩大夫"推荐的大连老菜馆。那里的特色是你一走进去就看到水箱，里面海鲜应有尽有，统统摆在你眼前。

我问海鲜有没有不是养殖的。店员搔搔头皮，指了一种黑色的鱼。什么名字？黄颜色的叫"黄鱼"，黑颜色的就叫"黑鱼"了。只有这种鱼是野生的，那当然得要了。请店里蒸，他们告知不会做。炆吧！好，炆就炆。肉质是粗糙的，味道是淡的，所以不蒸也是对的，加酱油炆才有味。

焖子呢？我要吃焖子，传统的，什么料都不下的那种。店员回答，他们只有三鲜的。好，三鲜就三鲜。

上桌一看，只见海参、虾和螺片，用筷子拼命找才找到青绿色、半透明的固体状态的方块，这就是著名的焖子了！

海参本身无味，养殖的虾没什么好吃的，螺片更是硬得像老母鸡皮。焖子一吃进口，满嘴糊。又是和羊肉泡馍一样的传说！记得我第一次去西安，就不停地找泡馍，这个名字给我无限的想象空间,听了那么久当地人的歌颂,觉得不可能不好吃!结果后来上电视时被问,我说大概是从前人穷,吃不到白饭,只有把面皮搓成一粒粒的,扮成米饭吧?当地人听了差点翻脸,我运气好才逃了出来,最后就学会了永远不能批评别人从小吃的食物。

叫的那一桌菜吃不完,三鲜焖子更是剩下一整碟。本着不能浪费的精神,请店里打包。

到了傍晚,肚子有点饿,找了那焖子来吃。咦,柔滑中还有弹性,海鲜的味道渗入其中,愈嚼愈好吃。一下子把焖子都找出来吃光了,反而剩下海参、虾和螺片。

吃出瘾来,冲出酒店,跳进的士。司机问去哪里。"卖焖子的小贩摊在哪里,就去哪里。"他瞪了我这个疯子一眼,也不敢反驳,直拉我到中山公园菜市场。

小贩将锅小火加热，放入切成小块的焖子，用筷子翻动焖子，把皮煎得焦黄，放入盘中备用。另一厢，将臼子里捣碎的蒜泥、小磨磨出的麻汁，还有浓郁的鱼露，大量地淋在刚煎好的焖子上面。我大声叫："蒜泥多一点，蒜泥多一点。"这种小吃，蒜泥非得加到吃完口气浓得叫人避开三尺不可。

就那么一吃，哈哈，中了焖子的"毒"。这次来大连，值回票价。

工作完毕，已是十点了。《味道·大连美食》的作者王希君特地请日丰园的老板娘等着我，另外约了大连名厨董长作和一群好友，浩浩荡荡地赶来。

吃些什么？桌子上摆满了令人垂涎的菜肴，但和饺子一比，全然失色。

饺子有六种，一款款上，最先是胡萝卜馅的，特意强调除了盐什么调味品都没加。怎么那么甜？仔细品尝，还是会发现有鲜蚝掺在其中，不过分量少得令人不易觉察而已。第二款是芸豆水饺，里面有少许的蛤肉。第三款是黄瓜水饺，加了蚬。第四款是鲅鱼水饺。第五款是荄瓜水饺，加了扇贝。

压轴的是韭菜海胆水饺，被誉为"大连第一厨娘"的孙杰抱歉地说："当今的海胆很瘦，韭菜又硬，都不是时令菜，请各位包涵。"

管他时不时令的，这一道水饺的确是天下美味，一吃就知。大连，又有一种会令你感到不枉此行的美食。

情忆草原的羊宴

在中国的每一个城市,我都有一群朋友,他们对于吃有着极大的热忱,而且最重要的是,他们令人信得过。

到了北京,一定得去找洪亮,他微博名叫"心泉之家",有许多粉丝爱看他写吃的报告。他人住在北京,对北京小吃当然熟悉,又是一家名牌摄影机的代理,得到处去巡视业务,对其他城市的了解也多。

"这次来想吃些什么?"他问。

"你知道我最爱吃羊肉。"

就这样,一顿精彩的羊肉宴诞生了。

只约六七个好友,人多了互相的沟通就不够。我们去了一家叫"情忆草原"的店。

这家店地方较为偏僻,装修也平凡,但离得远远的就闻到羊肉的香气。洪亮兄告诉我,老板特地指定了一只羊,请牧民当天早上屠了空运到北京。他又预订了一个菜,叫"三胃包肉"。

上桌一看,碟子像个小葫芦。羊有四胃,第三个特别平坦,把它反过来,可以看到只有五六条皱褶而已。将羊的肚腩肉切片,塞到里面，以粗线缝起，就那么放进冷水中，滚后转小火，煮个十五至二十分钟，就完成了。

老板孙文明是个大汉，走进包厢，用利刀往羊胃一割，热腾腾的汤汁就流了出来。固然羊腩肉软嫩又好吃无比，但还是那口汤给我留下了最深刻的印象，又香又甜，那种享受可算得上吃羊肉的最高境界之一了。

再看桌上，有个碟子装着深绿色的切成一丝丝的像昆布的东西，那是什么？

它名叫"沙葱"，是种草。原来不是切成丝的，而是保留了原形。这道沙葱是用盐腌制成的，试了一口，味道清新。原来吃羊肉配这个，已经不必蘸酱油了。

另一碟绿色的，是用野生的韭菜花磨成的蓉。当今农历二月，是吃韭菜的季节，羊肉和韭菜又是完美的搭配，比西方用薄荷高明。

巨大的炭炉小锅已烧得通红，搬了进来后才把冷水倒进去，即刻嗞嗞地冒烟，据说这才正宗。话题岔开了，什么是涮羊肉呢？

古时的军队打仗来不及做饭，就把羊肉切成薄片，在锅里一烫就能吃。和平后涮羊肉成为蒙古草原王族的食物，只有他们才能吃。元朝和清朝，王族们将涮羊肉带到北京，也不许平民百姓做。后来清朝允许大臣们吃，但皇宫里的御厨不可能走出来，大臣们只有找到会处理羊肉的贩子做。最后皇帝开恩，让百姓在特许的两家餐厅卖涮羊肉，就是东来顺和一条龙。

东来顺开了很多家分店，良莠不齐。一条龙在前门步行街上，店里还摆着二百多年前皇帝用来涮羊肉的锅，但也因游客多，推出了便宜的套餐，羊肉质量大大退步。

在一般的店里，人们只能吃到冰冻后刨成一圈圈的羊肉，而冻切羊肉也只不过是二十世纪三十年代才开始的。当时是在肉上放了大冰块，厨师一手按住冰一手切肉。切过十年之后，厨师按冰的手手指头全部蜷曲，伸展不开，成为一种职业病。后来技工做出切羊肉的机器，厨师才免了灾难。

今晚吃的涮羊肉有三种：上脑、后肋条和3D。

"什么是上脑？"我问。

孙老板又走进来解释："就是靠近羊头的部分。"

肉颜色粉红，只带了一点点的肥肉，涮了一下吃进口，异常软嫩，不错，不错。

"后肋条呢？"

颜色较上脑深，肥的部分又多了一点，花纹漂亮，肉香又比上脑肉浓厚，层次渐进。

最后上3D。

孙老板说："3D是挑羊群里面的胖子，要比普通羊肥四成左右的，然后选其第五根到第十二根肋骨之间的肋条肉，用手仔细地切成薄片。"

"这和3D没有什么关系呀。"我说。

他点头："我就那么叫，叫出名菜来了。"

把羊肉涮完，摆上几条沙葱来吃，要不然，就点野韭菜花蓉。孙老板又说："我从来不喜欢什么芝麻或乱七八糟的其他配料，把羊肉的味道分散了，多可惜！"

说得一点也不错，用这么原始和天然的配料，才对得起好的羊肉。

各种肉再上个三五碟,有点腻了。在北京是喝不到浓普洱的,就算港澳式火锅店也做不好。请侍者泡杯给我,怎么吩咐也不够浓。一般在香港的店讲个三次就能达到目的,北京的说了七次,茶还是淡得不行。对涮羊肉的店别再要求,用啤酒补救好了。

店里的暴腌萝卜,泡了一两天就能吃,入口非常清新,把吃肉的厌气一扫而空。另外再上一碟老虎菜,这菜源于东北。为什么以老虎为名,它只不过是新鲜的辣椒、芫荽和黄瓜拌在一起罢了?原来三种菜都是绿色的,但用的辣椒特别厉害,一看没事,一吃才知,有如老虎的袭击。这时,胃口又开了。

见火锅的炭烧得还是那么红,我向孙老板要求:"再上一碟尾巴。"

羊尾巴和羊的尾巴没有关系,是完全的肥肉的叫法。普通的羊肉刨成一圈圈的,颜色通红,一点肥的也没有。香港人吃火锅,吃惯了所谓半肥瘦的牛肉,就叫北京的店来一碟半肥瘦的羊肉,对方一定不知所云,因为一般的羊少有像牛肉般的大理石纹。

这令香港客懊恼,我就叫羊尾巴,一圈羊尾巴一圈全瘦的,两圈夹在一起涮,不就是半肥瘦了吗?

涮出来的全肥羊尾巴有如白玉,点了韭菜花蓉来配,不羡仙矣。孙老板看在眼里,微笑赞许。

写到这里,发现忘记了说最先上桌的一碟盐水羊肝,很粉,但对不起,还是猪肝的味道好一点。

中间的插曲,是布里亚特羊肉包子。布里亚特人做的包子馅是手切羊肉,也有用牛肉,甚至用马肉的,加洋葱或野生韭菜。说是包子,其实像我们的灌汤饺,所以来到这家,不吃羊肉水饺也不可惜,单叫包子好了。

再也吃不下去了,抱着肚子喊饱时,上了烤肥腰。

一般的烧烤将食材用铁扦串起,撒上大量的孜然后上桌。孜然个性太强,所有的滋味都给它抢去,讨厌的人还会觉得有奇怪的味道,远离之。

但这家店的烤羊腰将尿腺切除得精光,所以能摒弃孜然,只撒盐也一丁点的异味也没有。慢慢地欣赏羊腰,一小口一小口地吃,是种福气。

孙老板走进来敬酒,说酒是六十三度的。我一大口干了,真是厉害,问他为什么开这间店。

"我在草原生活过,和牧民交上朋友,爱他们的热情,回到北京就用这个意思开了这家店,其实也没多久,只不过一年多罢了。"

"羊肉呢?"

"从不同地方运来。像你们吃的上脑叫'杜泊上脑'。杜泊羊是一种高产的羊,对环境要求不高,但肉质好,长肉快。这种羊最早来自南非,分黑杜泊羊和白杜泊羊两种,肉质是没有分别的。其他部位的肉来自内蒙古呼伦贝尔市新巴尔虎左旗,那里的草种类丰富,肉味才不会单调。"

"哇!"这么讲究,我叫了出来。

这时,整顿饭的压轴出场,是一条巨大的肋骨。

"这就是我们的手把肉了!"孙老板宣布。

那么大的一条肉,也是放在冷水中煮,滚个十五分钟就熟。骨上的肉有肥有瘦,孙老板抓着骨,用刀把肉一块块切下。

我先选一块瘦的,再来一块肥的,两种风味完全不同,但都是我吃过的之中最好、最香、最软嫩的,差点把那三胃包肉比了下去。

一般香港人,尤其是女的,看到孙老板那种抓法,一定怕怕不敢吃,我们这群人一点也不在乎地狼吞虎咽。也许,只有这种食客,才会被孙老板接受吧?

"整条骨那么长、那么大,那羊呢?"我问。

"是只四齿羊。"

"四齿?"

"对,羊每年长两颗牙,你吃的是两岁多快三岁的羊,肉味才够浓,乳羊不行。"

"唔,我们煲汤也要用老母鸡,那样才甜。"我说。

"说到汤,我把汤拿来煮粥给你们喝。"

以为胃中再也没地方,还是连吞三碗粥下去。

"担心你们吃不完,没叫鱼。"

"哈哈,还有鱼吃?"

"一般的鲫鱼有几两,我们的是两三斤。"

"怎么做?"

"到时你来,就知道。"

"还有什么我们今天没吃到的?"

"牛排呀!我们牛排也做得好,和西餐的绝对不同。"

"我还是喜欢吃羊,有什么其他羊肉的菜?"

"羊脖子呀!把羊的脖子切成一英寸[1]厚的一块块,拿去煲汤,骨髓才容易吸。"

---

1. 英寸:英美制长度单位,1英寸合 2.54 厘米。

一听就知道好吃，问："还有呢？还有呢？"

"蒸羊排蘸酸奶。"

不太喜欢酸的，但可试试看："还有呢？"

"肥羊肠。"

对路了。孙老板说："这次等你们来，三胃包肉先做好了，下次再来，等你们到了再去煮，趁煮得鼓鼓的时上桌，味道更好。"

好，重复一次菜单：三胃包肉、羊脖汤、蒸羊排蘸酸奶、肥羊肠、牛排、牧民式的煮鱼。发达啰！

爆肚冯金生

到一个城市,如果去吃其他地区或国家的菜,除非做得非常出色,否则是浪费时间。有什么理由不试当地佳肴,了解那个地方的文化呢?

去了北京,我当然光顾卤煮、豆汁、烤鸭和涮羊肉了。

最初去的是满福楼,它靠近故宫,环境幽美,每人一锅地涮,菜品也较适合香港人的口味。近来经常为了公事到北京,认识了一位很靠得住的朋友洪亮。他介绍的情忆草原前些时候写过,这回重访北京,还是请他推荐羊肉,希望能把做得最好的羊肉店都试遍,既可以做比较,又过足我这个"羊痴"的瘾。

去的那家叫"爆肚囗金生隆",门口用亚克力板做了一个大招牌,很怪。中间那个"囗"旁边还有两点,不知是什么意思。大字下面有一行小字,写着"创于清光绪十九年"。这是家百年老店,又有洪亮的推荐,错不了的。

进口处有一大排的火锅,十多个,铜制的,古朴得很。另有一大桶炭,随时添加,还煮着一大壶的水。

走了进去,地方不算大,干干净净。墙上挂着四张大照片,第一张是此店的创办人冯天杰（一八七四至一九四九年）的，第二张是第二代传人冯金生（一九一七至一九九八年）的。第三张照片是第三代传人冯国明的，他生于一九四七年。第四张照片是第四代传人，也就是当今的掌柜冯梦涛的，他生于一九六四年。

说曹操，曹操就到。冯梦涛本人出现了。他长得高大，戴眼镜，蓄八字胡，斯斯文文，衣着整齐，扮相甚佳，像是一个历史剧人物活生生跳了出来。

他笑嘻嘻地回答我的问题："店里那块漆金的招牌，冯字也是用块红纸遮住。当年我父亲没去注册，给人抢先，我们反而不能用。外面那块风吹雨打，红纸不管用，也只有使出这一招了。哈哈哈。"

爆肚是北京典型的小吃，当年高官上朝，先来一碗医肚。所谓爆，就是广东人说的白灼。

羊有四肚，第一肚叫"羊葫芦"，墙上的说明坦白地写着"硬货"二字。第二肚，羊食信是也。第三的羊蘑菇头老嫩适中，第四的羊散丹就脆嫩。

爆肚的吃法，依老派，更有十三种。冯梦涛拿出四碟不同部位的给我们试，前三碟较硬，但嚼呀嚼，就嚼出甜味来。我最爱吃的是最脆嫩的羊散丹。

蘸的酱料是店里的特别配方，以芝麻酱为主。老实说，我还是觉得吃羊肉、羊肚，最好原汁原味，不够咸的话，加点韭菜花磨成的蓉或两三根盐腌的野生沙葱就行。

挂着的木头竖匾上刻着清人的杂咏："入汤顷刻便微温，作料齐全酒一樽。齿钝未能都嚼烂，囫囵下咽果生吞。"

店里卖的酒是二锅头，由冯梦涛叫人定制后送来，其他渠道的货他一概不收，所以我们喝得特别放心和开心。连酱油也有专人去厂家取货，其他的再便宜也不要，绝对保证是从生产厂中拿来。冯梦涛在日本住过六年，对原料、配料的挑选严谨，也多多少少受到日本人的一点影响。

送酒的还有摆满桌子的凉菜，有糖醋蒜头、锅渣、芝麻酱黄瓜等等，心里美萝卜丝的甜度拌得刚好。

这时又上牛肚，有四碟，分别为牛百叶、牛厚头、牛肚仁和牛百叶尖等。

以为再也吃不下时，重头戏涮羊肉才开始。一看那铜锅，壁很厚，底很深，这么一来传热的速度才又快又稳定。冯梦涛解释道："这是我们定制的。有段时间周围的老百姓纷纷把家里的老火锅拿来卖给我们，但都派不上用场。"

这多可惜！要是把那些老火锅收集起来拿到香港来当古董卖，可发达了。

羊肉都是手切的。冯梦涛说："我们店里切得特别厚，有些客人还吃不惯呢。"

涮羊肉时，我看到冰冻后刨成一圈圈的肉就倒胃口。肉不是手切的，又不够厚的话，怎行？

一只羊，最靠近颈项的肉叫"羊上脑"，有三成肥，很嫩。羊背外面的叫"大三叉"，最肥，有五成肥肉。羊背里面的叫"羊里脊"，很嫩，但全瘦。更深一层的叫"羊筋肉"，也是五成肥。大腿前节叫"一头沉"，嫩。大腿里面的叫"羊腱子"，全瘦，但脆嫩。靠近尾巴的是"羊磨裆"，只有二成肥。整只羊最高级的是靠近腹部、呈条状的"黄瓜条"了。

现在坚持把肚和肉分得那么清楚的也只有冯金生了，有的店羊肉只是一碟碟地上，客人连吃的什么部位都不知道。

我欣赏涮羊肉，但不喜一片片地涮，而是用筷子夹了一大团肉放进锅中，是不是可以吃了，全凭个人的感觉，从不问人："熟了没有？熟了没有？"

这家店的羊肉虽切得厚，但软嫩无比、香味扑鼻，吃到要肚胀才知道停筷。这一顿，过瘾至极。

赣州之旅

中国之大，三辈子也走不完。要是没人邀请我去做宣传，我还真的不知道有赣州这个地方，更没想过有一天会去。

"赣"字怎么念？从章，读成"章"吗？右边有个"贡"字，发音成"贡"吗？原来普通话念成"干"，而粤语念成"鉴"。

赣州是江西的第二大城市，仅次于省会南昌。从香港怎么去呢？没有航班，只能先去深圳，由那里到赣州，直飞几十分钟罢了，每天一班。友人说，坐车子的话要六七个小时，又没有高铁，选择不多。

那天是从香港包了辆车到深圳机场。飞机下午两点半起飞，我们十二点半到达深圳机场，才发现要延迟两个小时，到四点半才能起飞，要等四个小时。

既来之则安之，机场有好几家餐厅，看了一下，只有一间卖潮州菜的还有点吃头。友人说进了闸，餐厅的数目更多，就先过安检再说吧。

一条长廊，走起来蛮远的，但就是不设电动步道，要你慢慢走。经过两排外国名牌商店，铺租不会便宜到哪里去，这些东西香港

到处有，逼我也不看不买。

再过去就是内地的商品店，也掺杂了一些香港的连锁甜品店，像许留山和满记。走到疲倦，终于在一家卖水饺和面食的餐厅停下，吃了一些又贵又难以下咽的"饲料"，两口就放下筷子。

忽然又被告知，航班还得延迟。是什么原因？航空管制嘛，等于是空中阻塞，工作人员回答得像是家常便饭。那么到底几点飞？不知道？只好等。但是明天就是宣传大会，不能不出发呀。今天到底飞不飞？也不知道。

我这可急了起来，马上准备了一辆车，如果飞不成的话，坐通宵的车也得赶去，答应人家的事，不能不做。真后悔选择坐飞机。

等，等，等，最后有消息，说飞机已经从北京飞过来了。好呀，飞过来，等不等于飞得过去？又是不知道。

无聊，到每一家店慢慢看。什么仿古名瓷店，产品如果真的仿古，也可买几件，最要命的是基础没打好，就去加新的抽象图案，像 fusion[1] 料理，变为 confusion[2]。

最后，在七点半起飞，我们足足等了七个小时。这次还算好了，有次飞北京，等了十四个小时，而且还是被困在机上。

入夜的赣州市，灯光幽暗，看不清楚。我们入住了离机场四十五分钟车程的五龙客家文化园，晚饭就在这个有客家特色的庭院中吃。

菜多得不得了，有二十多道。又有客家文化表演，大锣大鼓，震耳欲聋。我最怕吃这种菜，一说不好便会讨人厌，主人脸色即变，赞好的话又是违背良心。怎么反应才好？

记者的问题还是要回答的，我诚实地说自小受客家文化熏陶，客家菜是我喜欢的。这是事实。我还去过他们的土楼。传到南洋的客家菜，还是有点不同。

怎么不同？正宗吗？去到南洋，已变味了吧？举个例子来听听。

好呀，像面前这碗酿豆腐，南洋的汤底是用大量的黄豆和排骨长时间熬出来的，一想就知又鲜又甜。面前这碟，怎么一味是咸呢？而且，酿的鱼浆是不是应该加了咸鱼，才更香呢？我不知道，我只是照实说了。三杯鸡的三杯，是否用麻油才更香呢？普通油

---

1. fusion：英语，融合。
2. confusion：英语，混乱，不确定。

就没那个味道。在中国台湾，人们还加了罗勒，更惹味[1]呀！

其他菜还是有水平的，这一点不得不补充一下。

翌日，去了一个巨大的果园，宣传赣州最著名的脐橙。叫脐橙，是因为它底部有个迷你橙，像个肚脐。赣南脐橙年产百万吨，种植面积世界第一。脐橙自南北朝开始就有文字记载，在北宋年间果树已蔚然成林，在清朝是进贡的水果，深得雍正喜爱。

邀请我去的汇橙公司占了几个山头，山上种满了树。我们去的时候，有客家姑娘穿了传统的蓝花布衣相迎，各个亲切可爱。脐橙随手可摘，有些带一点点的酸，有些很甜。但是，我此行最大的收获，是发现了当地还有一种叫"血橙"的红肉果子。

吃了一个血橙，甜似蜜，真是我吃过的最甜的橙子之一，比脐橙好吃百倍。盛产是二月，明年我将重点出击，在网上卖这种小红橙，包君满意。

从赣州来到山头，虽说路途只有一个多小时，但是那条高速公路不知怎么建的，车摇晃起来比走不丹的山路还要厉害，让我心中蒙上阴影。想起回程到赣州市又要遭此老罪，还要住同一个旅馆，吃那又咸又辣的菜，整个人就枯谢。和友人商量后，用他的车子，花五六个小时，一路直奔广州，入住四季酒店，睡了一个好觉。

翌日，又是好汉一条。

---

1. 惹味：粤语，形容味道美好，使人垂涎欲滴。

厦门之旅

还没出发去厦门之前,我已在微博中询问各位网友,说:"早饭对我是很重要的一餐,有什么好的介绍?"

回复纷纷杀到,有沙茶面、面线糊等等,连土笋冻、海蛎煎及薄饼也介绍过来,但后面这三种不是早餐吃的呀,网友们太过热心了!

早上乘飞机,一个小时就从香港抵达厦门。这回有刘绚强和卢健生二位陪同,他们都常来厦门,结交的朋友也多,安排是错不了的。

午饭时间,先去民族路七十六号的乌糖沙茶面,墙上写着瘦肉、肝沿(包着猪肝的那层薄肉,台湾人叫为"肝连")、大肠、猪腱、小肠、猪肝、猪腰、猪心、猪肚、鱿鱼、虾仁、大肠头、肉筋、肉羹、猪肺、海蛎、海蛏、丸子、鸡蛋等各种配料,像香港的车仔面,任君选择,加上面条即成。

好吃吗?厦门海产丰富、新鲜,拿来灼汤,当然甜美。但加上的沙茶酱,是从南洋传过去的。加沙茶酱是近几十年才有的配方,而非闽南传统。厦门人所谓的沙茶酱,有点辣,有点香,味道比南洋的差远了。而且，厦门人显然对面条的要求不高，油面干干瘪瘪，无咬劲，弹力也不足。这种小吃，也只能充饥。

友人见我不满意，说："有家吃炖汤的要不要试试？"当然去。接着到了一家叫"宝贵"的店，老板娘亲切相迎，言语幽默，说店名叫"宝贵"，丈夫叫她"宝贝"。

店里面有什么？菜品种类多得不得了。先是看到箱子里摆着炖的各种汤类，有点像从前香港街头的蒸品，一盅盅的。里面的黄脚鱲已引起我的兴趣。这种在香港已罕见的鱼，在厦门还能钓到野生的，炖了汤，鲜甜至极。

另外还有弹涂鱼、黑油鳗、大块的马友、鲍鱼、海参等。

蒸笼里的饭，粒粒晶莹，引人垂涎。菜不够还可叫干笋猪内脏、猪尾花生、大肠咸菜、卤肉、卤蛋……

再往前，就有海蛎煎，那是潮州人叫"蚝烙"、香港人称"蚝煎"的料理。蚝新鲜，粒粒拇指般大，肥肥胖胖。还有炸芋头丸子、五香肉和薄饼，在这里，反而吃到传统味道了。

厦门当今有许多大厦式的新酒店，但刘先生还是喜欢位于海边的马哥孛罗。它只有八层楼，房间舒舒服服，很干净。

放下行李又去吃。宴遇开在市中心，走年轻人路线，装修新颖，很受当地人欢迎，客人熙攘，做完一轮又一轮。我们是冲着大厨吴嵘去的，他是受了严格的闽菜基本功训练又能创新的年轻一辈。他和另外一位名厨张淙明是师兄弟，两人不因同行而对敌，反而非常友好。

"宴遇"这个名字和"艳遇"谐音，我们一坐下来，看到面前摆着一包保险套，打开一看，是湿纸巾。这是题外话。吃些什么呢？先上风味九龙拼，共有土笋冻、章鱼、杧果酱油、五香卷、炸菜圆子、海蜇头、葱糖卷、沙虫和卤鲂鱼。

值得一提的是章鱼，白灼的。如果你对八爪鱼的印象是硬，那么就错了。闽南的章鱼又软又脆，和一般的不同种，绝对不容错过。杧果当前菜也是特别的，蘸酱油吃的方式不知是从南洋传过来的，还是从这里传过去的，有时还加白糖、加辣椒丝呢！

接着有佛跳墙，是一人一盅的迷你版本。还有厦门噏汁煎大斑节虾、银丝烩金钮（鱿鱼面）、煎蟹、鸡汤汆西施舌、葱香汁蒸黄鱼、芋泥响螺片、传统蟹肉粥、韭菜盒、猪油炒味菜、迷你榴梿粽、花生汤和水果。

煎蟹是闽南名菜，做法简单，把一只膏蟹斩为两半，肉朝下，就那么在锅中干煎起来。一大锅二十四块上桌，很有气势。只要蟹肥满，不会失手。

西施舌是一种颇大的贝壳类海鲜，是香港所谓的贵妃蚌的高级版本，吃时连带两条翅，那是生殖器，此蚌雌雄同体。昔时在香港的大佛口，把所有蚌翅都集中了，一只蚌一条，共有数百条，当鱼翅来吃，至今记忆犹新。

韭菜盒也是闽南名菜，去了厦门非试不可，是用韭菜、豆干、猪肉碎和春笋当馅，焗出酥皮来的。

芋泥甜的吃多了，这里的和响螺片一起做成咸的，也很特别。

吃饱，睡得很熟。翌日行程排得满满的，非吃一顿大早餐不可。有什么好过菜市场旁边的小食档的呢？其实选择也不是很多，厦门人的早餐说来说去还是那几种，他们对早餐并不重视，不像武汉人，他们称吃早餐为"过早"，像过年一样吃得那么丰富。

约了些当地老饕带路,有名厨张淙明和吴嵘、吃海鲜吃出名堂的海鲜大叔、饮食名记、以喜欢的电影《牯岭街少年》为名的少年,还有古龙天成酱油厂东主[1]颜靖。

闽南人最爱吃的是香菇猪脚腿罐头,用它来炒的面线已成为他们的名菜。而生产此罐头的古龙食品公司,需要大量酱油,自己设有酱油厂。后来酱油厂生意做大了管不了,就让给颜靖去打理。

我们几个人浩浩荡荡,往厦门最古老的菜市场——八市出发。

八市在厦门无人不知,最为古老。它由几条街组成,食材齐全,令人目不暇接。这里所有海鲜和广东沿海一带相似,并没有让我感到新奇的。

有种叫"鰳鱼"的,很像鲥鱼,不知是否同一家族。闽南人也有"鰳鱼炖菜脯,好吃不分某"的说法。某,妻子的意思。自己吃,不分给老婆吃,也应该相当美味吧?

小巷中有个石门,另有个石牌,上面只见一个"石"字,其他字迹已模糊了。旁边有档卖生蚝的,老太太在这里剥蚝壳已剥了六十多年,她家的生蚝最新鲜。生蚝,厦门人绝不叫为"蚝",只称"海蛎"。友人林辉煌是厦门人,常说小时候没饭吃,一直在海边挖生蚝充饥,羡慕死付高价在 oyster bar [2] 开餐的时尚年轻人。

菜市中心广场有个叫'赖厝古井"的名胜,那里有一群老年人坐着矮凳泡茶喝。老厦门人也真悠闲,一早去买几个甜的馅饼

---

1. 东主:粤语,对老板的称呼。
2. oyster bar:英语,牡蛎餐馆。

或绿豆糕,沏铁观音或大红袍,看报纸,又是一天。

这里,地道的早餐店有赖厝扁食嫂。所谓扁食,是小馄饨。这家还有拌面。另外有友生风味小吃、陈星仔饮食店的面线糊和咸粥、阿杰五香的五香卷等等,都算是厦门最地道的早餐了。

吃完饭就有力量去冲刺了。上午到纸的世界书店去,这是一家把书堆到天花板,要用梯子爬上去找的店铺,很有品位,店名也取得好。

我们早到,只有一排客人买了书正在等着付账。我请同事整理好一张桌子,说"为你们签了名再去给钱吧",众人大乐。一下子,大堂已挤满了读者,有三四百人之多,我又和大家开始问答游戏,最后一一合照,众人大乐。

我的"护法"——"木鱼问茶"和"青桐庄主"也分别由泉州和福州赶来,好不热闹。厦门读者消费力强,这次的签售会一共卖了八千本书。

接着上电台节目,主持人洪岩问我会不会说闽南语,我用纯正的闽南语说了一个笑话:"有个厦门男子去了四周是陆地的安溪做茶生意,娶了一个乡下老婆,将她带到沿海的厦门。见一大船,后面一小船,太太大叫:'天寿,船母生船仔!'"

午饭去了一家叫"烧酒配"的餐厅。烧酒配,下酒小菜的意思。留下印象的,是一道葱糖卷。这是福建薄饼的另一个版本,馅和普通薄饼相同,但下了大量的糖葱和酸萝卜泡菜,吃起来爽爽脆脆,酸酸甜甜,儿童最喜爱。我的"花花世界"网店拍档刘先生是个大小孩,吃了四卷还嫌不够。

下午在一个叫"中华儿女美术馆"的地方,与各个传媒的记

者做见面会。到了会场，有几张椅子，让我们几个主持人坐，而记者席离得远远的。我一下子把椅子搬到人群当中，让大家像老朋友一样聊天，这一来立刻消除了隔膜。

晚上，到厦门最高级的食府之一——融绘的东渡店。融绘由名厨张淙明创办，东渡店位于东渡牛头山。我们从停车处经过一条山径，再乘坐依山而建的电梯才能抵达。从包厢中可以看海景，海沧大桥就在眼前。

包厢分两部分，十几人坐的圆桌和一个开放式的厨房。不坐圆桌，就在厨房橱柜边进食也行，那样比较直接和亲切。坐圆桌的话，能看到一个大电视，即时播放着现场拍摄的张淙明师傅的烹饪过程。

第一道菜就是我最喜欢的薄饼了。凡是闽南人，过年过节必做这道菜。薄饼的吃法简直是一个仪式，过程繁复，要花上两三天工夫准备。从前家家都包，当今在香港已罕见。我一听说有什么福建朋友家里包了，即刻挤进去吃，而且百食不厌。

这道菜，厦门一带都叫为"薄饼"，传到南洋也是那么叫，泉州等地则称之为"润饼"。

餐桌上已摆好所有配料和主馅，其中最重要的，也是薄饼的灵魂的，是一种海藻，叫为"琥苔"或"浒苔"。要把这种海藻爆炒至极香，没有此味，这个薄饼就逊色了。另外有舂碎的花生酥、加力鱼碎、蛋丝、肉松、炸米粉、京葱丝、炸蒜蓉、银芽、芫荽等，共十种。南洋人吃，豪华起来还用螃蟹肉代替加力鱼肉。

薄饼皮当然挑选最好的。在碟子上铺好之后，就在薄饼皮的一边摆上自选的配料，另一边摆上切成刷子状的葱段，涂上蒜蓉醋、芥末、辣椒酱和番茄酱，最后才在中间放主馅：把高丽菜丝、胡萝卜丝、冬笋丝、五花肉丝、豆干丝、蒜白、荷兰豆、虾仁、海蛎、大地鱼末、干葱酥翻炒了又翻炒，太干了就加大骨汤。闽南人说，隔夜翻炒，才最美味。

这一顿最正宗的薄饼，吃了其实不必再去加菜，但让人抗拒不了的佳肴紧接而来：茶浓响螺片，螺肉片得极薄，用铁观音灼熟即食；豆酱三层肉煮斗鲳，斗鲳就是我们的鹰鲳，有七八斤之大；固本酒焗红虾，红虾是闽南极品，非常甜，不逊于地中海者；海蛎煎，就是蚝烙了；土龙汤，用猪尾和鳗鱼来炖；闽南芋包，把蒸芋泥制成皮，包上猪肉、虾仁、冬笋和马蹄；杂菜煲，用古龙猪脚骨头焖大芥菜；冷鱼三吃是手撕剥皮鱼、噎汁巴浪鱼、秋葵拌狗鱼……

已经吃不下，也数不完，大家自己去品尝吧。

我的上环散步

我散步,当然不是去什么公园,如果与吃无关,我是不会有兴趣的。

虽然身居九龙,但我的散步范围还是集中于香港岛,尤其是上环一带。

为什么是上环?我总觉得香港岛那边,还保有许多老香港做生意的作风和浓厚的人情味。第一次去,以为是出于商人的傲慢,伙计不理不睬,好像做得成做不成交易根本与他们无关。这种感觉,很不好受。但一光顾得多,与他们打上交道,老香港的人情味就出来了。除了货真价实,他们还会把店里的货全搬出来让你品尝,像是即使把他们的头拧下来也行。相熟的食肆,顾客被当成他们家庭的成员,一汤一餸[1],都花上妈妈做给儿女们吃的心思。

我散步由威灵顿街开始,一直走到位于孖沙街和毕街交叉路口的生记粥品,他们新开的茶餐厅已甚有规模,但我还是愿意走进巷子里的老店,那里很小,只有几张桌子。

店主阿芬已在里面忙得团团乱转,但你一下单,什么材料配

---

1. 餸:粤语,经过烹调供下饭、下酒的蔬菜、蛋、鱼、肉等。

什么材料,她记得清清楚楚,绝不出错。早来的话还有鲩鱼鳔,在粥里煮熟,其他的材料有肉丸、鱼腩、各类猪内脏、牛肉等,有数不清的配搭。

很快就卖完的还有生鱼片,就那么吃也行,怕生的话,就混在粥里烫个半熟,甜得不得了。

生记的粥是加瑶柱、白果和腐竹经长时间煲出来的,和别的地方的一比,即见高下。也不必我多说,你吃过一次就会上瘾,毕生难忘。

如果在生记找不到位子,到阿芬经营的转角茶餐厅去好了。那里坐得较舒服,也多了一味牛腩可吃,粥照样是旁边那家小店煮出来的,味道一流。

往前走,可到永吉街,摆在中间的小摊子——柠檬王已有四十多年历史,老店东走了,他儿子继续营业。多年前,摆货的小车子被食环署没收,他们求助于我,我写公开信评论此事,车子得当年的署长卓先生发还。我与卓先生不打不相识,从此结交为好友,也是缘分。柠檬王的冒牌货众多,认清永吉街这摊,你吃过就会不停地购买。

永吉街路口的那家麦奀面家,也是正宗的。

折回,走到西港城街市,后面的成隆行每年到了季节,卖大闸蟹很有信用。他们家还有玻璃罐装的秃黄油和蟹粉卖,拿回家煮一个意粉,再舀几匙混上,连意大利老饕吃了也得俯首称臣。

从成隆行旁边的小巷穿出,就能找到专卖皮蛋的李焕记了。老板娘李焕还是每天守在店里,面无表情。但半个世纪以来,她都精选自家农场的鸭蛋,腌制出蛋黄能流出来的溏心皮蛋。把皮

蛋壳一剥开，表面有时还能看到松花状的结晶体，这是老饕们特别欣赏的。

走远一点，到中国龙去，这家专卖国内各地食材的店很有人情味，有现炒的栗子、现烤的番薯，还有各种罕见的食材。他们连拐杖也卖，那是用花椒木做的。

这时肚子应该开始饿了，走向从前的南北行。记得年轻时我常来，这里有家四海通银行，行长刘作筹先生是收藏大家，把无数的字画展示给我，教我怎么分辨真伪。

言归正传，当年那里有条潮州巷，现在已不见，仅存的小贩搬到皇后街市二楼的熟食档。在那里可以吃到绝无仅有的潮州猪杂汤。陈春记的老板娘已经快九十了，还守在档里。这家的猪杂及猪血、猪肠，味道和从前一样，令人有无限的回味。

曾记粿品除了韭菜粿和其他粿品之外，还有炒粿和蚝煎，好吃得不得了。如果要去就赶紧去，这是一种快要消失的滋味。

吃饱了走回文咸东街的峣阳茶行，那粉红铁罐装的万年春水仙六七十年前已出口到南洋去了，在店里喝上一杯，其香令人无话可说，还能帮助消化。

喝完茶，又觉得可以再吃一点东西了，这时走回皇后大道，找到陈意斋，他家的燕窝糕、薏米饼和杏仁露，都是老香港人最喜欢的。别忘记店里现做现卖的扎蹄，是用腐皮卷起来的，有素的和荤的两种。就买虾子扎蹄好了，请店里切成一片片的，边散步边吃。

一乐也。

重访澳大利亚（上）

"去哪里好呢？"过年前大家已在商量。

我们这一群不生子女的旅行同伴，说去哪里就去哪里，没什么目的地，只要年一起过就是，总之不去打扰别人一家团圆，也别过得太过孤单。

志同道合的朋友有时好过亲人，亲人也没那么多个可以在一起热热闹闹的。我们各自带了好酒，决定去澳大利亚。选择澳大利亚还有一个原因，我们都是一群"Pho痴"，而天下最好的Pho店，公认是墨尔本的勇记。久未尝此味，专程去一趟，也值回票价。

我们当然不会去住赌场，还是在格调最高的温莎酒店（The Windsor）下榻。它在一八八三年创立，到现在已经一百三十多年了。酒店翻新又翻新，卖了又卖。之前被印度最大的奥伯雷集团收购，当今又被印度尼西亚的华裔商人买去，留下印度臣子管理。管理人员名叫阿吉特·拉奥（Ajit Rao），我们已是老朋友了，见面相谈甚欢，几天后他问我有什么意见。

"房间已经从每天打扫两次，变成一次了。"我说。

他无奈地说:"在澳大利亚已愈来愈难请到肯做这些工作的人了,应该像新加坡那样大量接收新移民。"

澳大利亚观光局很卖力,派出大中国区业务拓展经理王莹淇来酒店欢迎我们。她是位靓女,本身就是位新移民。她为各人送上礼物,留给大家一个好印象。

我们先在农场吃午餐,这家叫 Laurimar Glen Farmstay 的农场已来过一次了。主人埃里克(Eric)和珍妮特(Janet)亲切地招待,我们到时已烤好了一只羊。澳大利亚人发明了一种电动的煤气烤箱,整只大羊放了进去,四周喷火,自动旋转,两个小时之内羊便能完熟,人到后即刻斩件。我想伸手进去挖那羊腰子和它们周围的肥膏出来吃,可惜羊的内脏在屠宰场中已被清除,只有吃那脆啪啪的皮和带肥的肉了。也不错,这种享受也是在中国香港难找到的了。

农场中有各种澳大利亚树木花草,又养着从秘鲁输入的llama——中国内地人称为"羊驼"的动物,还有各种奇珍异兽。这家还设有客房,租金极为便宜,有好几位从日本来的妇女在这里长住,帮手[1]做出各种蛋糕给我们吃。有兴趣过这种农场生活的旅客不妨试试。

我对墨尔本这个城市已不陌生,十多年前和成龙来这里拍了一部叫《一个好人》的电影,我们一住就是一年,已熟悉到可以自己驾车去各个角落了。现在不怕迷路的另一个原因是,这座城市与十多年前一样,改变得极少。

维多利亚菜市场还是老样子。我又去探访以前经常光顾的蔬

---

1. 帮手:粤语,帮忙。

菜摊子的华人太太，明知道她已不会在那里出现了，不看一下还是不能罢休。

卖芝士火腿香肠店铺的店主还是当年那位，我问有没有那种短得像牙签的鸡丝面。她一下子认出我来，摇摇头道："年轻人已不会欣赏，再也不做了。"

那种面是我吃过的最好的一种，只要汤滚了，撒一把下去即烫熟，比任何方便面都要方便，而且所有的方便面都没那么美味。那种面用蛋和鸡汤做成，现今已成绝响。

水果芝士仍然在卖，这种澳大利亚独有的产品比芝士蛋糕还要好吃。澳大利亚产的有气红酒称为 Sparkling Shiraz，与水果芝士并肩为澳大利亚极品，到了澳大利亚不试一下就走宝[1]了。这几天我放弃友人带来的陈年麦芽威士忌，只喝这种有气红酒，而最好的 ROCKFORD 牌的价钱已不菲了。

晚上，我们又去了刘家小厨（Lau's Family Kitchen），它开在圣基尔达（St Kilda）海边，地方名副其实地小，坐满了客人。"每晚都是这样的。"老板刘华铿说。

我认识刘华铿已近三十年了，他是万寿宫的前老板，名片上还是印着"Founder of Flower Drum Restaurant"（花鼓餐厅创始人），更在名字下加了一小行字，很幽默地写着"Mostly Retired"（差不多退休的人）。

万寿宫给他经营得很辉煌。退休后，儿子们要开家小厨，他又出来帮手。食物一份份小小的，客人喜欢了即刻追加。他做的焖牛舌，煮得软嫩后又烟熏，好吃得不得了。羊腰做得一点也没

---

1. 走宝：粤语，错失良机。

有异味，是用铁板煎过后上桌的。生蚝本身好吃，就不加工，先上三粒，客人喜欢了就随意吃。南澳大利亚州的蓝尾虾味道够，就那么烙一烙就给你吃。带子刚从壳中剥出来，就用粉皮一包，蒸好做出带子点心来。还有他特制的牛腩、蒸鱼、烧肉等等菜肴，没有一道是让你吃后不满意的。

一家餐厅要成功，招呼最为重要，这一点刘华铿最为拿手。当年他做万寿宫时，就算牺牲楼下座位的数量，也要让客人坐得舒适。临时来了两位熟朋友，加上一桌没有问题。吃的菜呢，从别桌的每道"偷"出一点，也有十几二十样菜。只要刘华铿在，不管你是中国人还是外国人，都会满足地走出餐厅。

如果要找一个能把中餐捧到世界舞台去的人，那只有刘华铿了。他绝对不会学法国人在碟上画了画算数[1]，而是用最好的食材，配上高超的厨艺，加上完美的服务，这才叫中餐。中国菜馆够资格得米其林三星的，非刘家小厨莫属。

---

1. 算数：粤语，算了，作罢。

重访澳大利亚（下）

接下来的几天，我们到维多利亚省的著名酿酒区——雅拉谷香桐酒庄（Yarra Valley Domaine Chandon）试酒。团友之中有几位已考到侍酒师资格证，他们认为这酒庄的几种高级酒的水平，已达到可以进货收藏的等级了。我没耐心等待，在现场喝几杯算数。

农历新年时分来到墨尔本，看到当地政府封了几条唐人街附近的道路，让中国人大舞金狮，燃放鞭炮。虽然很多地方禁止燃放鞭炮，但在澳大利亚还是可以听到爆竹声，新年气氛相当浓厚。

新年的舞狮也给当地团体带来了丰厚的收入。他们分为数队，每一只"狮子"到他们熟悉的餐厅表演，主人、客人都纷纷拿出红包打赏，好不热闹。

我当年拍戏带来的服装师小云，已在这里落脚。起初，她开了一家小礼品店，后来嫁了当地华侨，当今经营一间叫"马来栈"（Jalan Alor）的餐厅。那时候的少女，此时已是三位女儿的母亲。我抽出时间去派利是[1]，又试了餐厅的炒饭炒面，相当地道，怪不

---

1. 利是：粤语，春节期间长辈给晚辈的、亲戚朋友间互派的红包。

得生意滔滔。

餐厅也可以当老朋友。当地最出名的牛排店Vlado's，每一块牛排都是经老板弗拉多（Vlado）先生亲手敲打，让肉松化后烧制出来的。当年去，他经常说："我已经烧了三十年牛排，不会再有三十年，你们快来吃吧。"

这回去，他人已不在了，由跟着他三十年的学生代替，水平竟然与老师一模一样。我当面赞许，他感激地点头，但没有学他师傅讲那句老对白。

升家（Shoya）是墨尔本唯一一家吃得[1]过的日本料理店。老板每次的出品，都让我们的团友喜出望外。他们还保留了日本当年经济起飞时的传统，不惜成本地招呼，几片生鱼片也要用一个个冰球包围，令食物不受室温影响。这种做法当今已在日本各地的寿司店中消失了，也只有在其他国家能够寻找回来。

升家开在一栋四五层的建筑物里。升家先生很会经营，在顶楼还开了一间小型夜总会，正宗得赛过银座的。

我们在《欢乐今宵》中熟悉的杜平先生也投资了升家。他另开了一家大众化的日本料理店，叫"银座"。杜平先生今年七十五岁了，看上去一点也不老。这是因为他在澳大利亚修身养性，日子过得优哉游哉吧？

新年过后，我们转战悉尼。这个都市是小型的香港，一切也没有什么改变，出名的还是铁桥和歌剧院。增多的是中国游客，到处可见。渔人码头更是不用去了，人挤得满满的，要找一个地方坐下也难。

---

1. 得：粤语，用在动词后面作补语，表示值得。

我们都不太喜欢一般的美式连锁酒店，特别选了由老天文台酒店改装的朗廷酒店（The Langham）。这家酒店由英国集团经营，只有九十六间房，优雅得很。其地点在岩石区，离歌剧院很近，周围没什么商店，宁静得很，是非常住得过的一家，下午茶也精彩。

晚上在悉尼最具盛名的Quay餐厅用餐。这家餐厅得奖无数，也曾被佩雷格里诺（S. Peregrino）称为"世界上最好的五十家食肆之一"。我多年前曾去过，食物还算不俗；这回光顾，发觉水平已大不如前，毫无新意。大厨决定的餐单之中，只有一道鹌鹑粥给我留下一点印象。

翌日即到金唐去吃。到了悉尼，不去金唐好像说不过去。它的规模也愈来愈大，又在赌场开了一家高级的，装修得美轮美奂。我们还是去唐人街那家老店，那里食材当然选最新鲜的，但煮法普通，还是那几招，至于招呼，远不及墨尔本的万寿宫了。

反而和网友约好去饮茶的皇冠让我有惊喜。他们早七点钟，当唐人街还是一片死寂的时候，已开门。一些煎炒和点心都有怀旧的味道，少东金盛达说："伙计都是几十年前从香港来的，一成不变。"

"你疯了吗？来悉尼吃巴西烧烤？"当地老华侨说。不是这样的，做得实在太出色。Porteno这家店的乳猪，是插在炉火旁边，一烤就是十几小时的，切出来的肉柔软无比，香味浓，皮又脆，绝对不差于我们的烧乳猪。各位不信，一试便知。

最后一天，又去逛菜市场，看到一种水果，外表像枇杷，剥开皮，肉似山竹，极甜，名 acha cha。它原产于南美洲亚马孙盆地，英文名字叫 honey kiss（蜜之吻）。人生第一次吃这个，真是活到一百岁，还有新鲜事物。

不丹之旅

不丹，国土面积有三万八千多平方千米，和中国的台湾差不多大。而人口，台湾地区有两千多万，不丹只有七十多万。

不丹有"树木最茂盛的国家"之称。他们的法律规定，每砍一棵树，必得种上三棵树来抵偿。但一路看过去，不丹还是给人枯枯黄黄的感觉，不像台湾地区那样，整座山都是绿色的。这都是我亲自观察、比较，才得到的结论。不丹，像不像传闻那样，是全球幸福指数最高的一个国家呢？

我们从赤鱲角起飞，经曼谷，转乘雷龙航空，中途还停在孟加拉国加油，才抵达这个山国。不丹整个国家都藏在山中，从一处到另一处，非得经过弯弯曲曲的山路不可。唯一平坦的道路，就是帕罗（Paro）机场的飞机跑道。

帕罗机场是不丹唯一和外界连接的机场。他们国内也有航班，从西至北，班次极少。跑道在山与山之间，降落时看帕罗机场有点像从前的启德，只是以高山代替了大厦。

踏入不丹，就会发现空气并不如传说中那么稀薄。去了九寨沟会患上高山症，在不丹没有问题，大家想去的话，也不必担心那么多。

要注意的反而是会不会晕车。马来西亚的金马伦高原那段路，和不丹的山路比起来，简直是小巫见大巫。我们在不丹这八个晚上九个白天的旅程中，在车上过的时间真多，不停地摇晃，刚想睡上一刻时，即被摇醒。怕走山路晕车的，还是别去了。

从帕罗机场到位于首都廷布（Thimphu）的我们要住的第一家酒店，虽说只要一个半小时，也坐了差不多两个多钟[1]的车。那边的导游没什么时间观念，照他所说的加上一半，就是了。

全程入住当地最好的安缦酒店。这里每家安缦的大堂、客厅和餐室各不同，房间的格式倒是差不多的。这系列的酒店有一个特点，就是一眼望不到，总是要经过山丘或小径才能抵达，像走进一片新天地。

建筑材料尽量用天然的，石块堆积的广场、原木的地板、一片片的草地，衬托着远处的高山。山的巅峰积着白雪，有直插入天的老松树。

窗花不规则，太阳一升起，在白墙上照出的各种花纹，仔细观察，像一部经书。这些情景不能用文字形容，我拍下照片放在微博上，各位网友看了也惊叹花纹和梵文竟一模一样。

这家安缦酒店一共有十一间房，接下来的两家都只有八间房，最大的那家在帕罗，有二十四间房。房中有舒服的大床，浴缸摆在房中间。最有特色的是个火炉，有烧不尽的松木。不丹早晚温度相差甚远，晚上生火，相当浪漫。其他设备应有尽有，就是不给你电视机。

下午活动可到镇上一走。所谓的镇，不过是几条大街，布满货物类似的店铺。如果你觉得不丹是落后的，那么你不应该来，到这里，就是要找回一些我们失去的纯朴。

吃饭时间，先有喝不完的鸡尾酒。传说不丹禁酒，其实没有，

---

1. 钟：粤语，小时。

机场也卖酒。当地还有白兰地、威士忌和啤酒呢。前二者试过，不敢恭维。啤酒有好几种牌子，最浓也最有酒味的叫"二万一"（TWENTY ONE THOUSAND），不错。

三餐酒店全包，有不丹餐、印度或泰国餐及西餐的选择，虽无中菜，也不觉得吃不惯，反正有白米饭，配一些咖喱，很容易解决。到了这里，不应强求美食。

翌日上午到一间庙走走，下午安排了一个散步活动，在平地上走个三小时左右。这是让你热身的，再下去就要爬山了，运动量很大，体力不够的人还是别参加，不然会拖累同伴。来不丹，应该趁年轻。

再睡一夜，就往下一个目的地岗提寺（Gangtey）走。绵延不绝的山路，弯转了又转，何时了呢？问导游，他回答全部车程六个小时。哎哟，那就等于九个小时了，不会走那么多路吧？一点也不错。连休息一共是十个小时以上，要了半条老命。

沿途的风景相当地单调，无甚变化。偶尔在灰黄的山中还看到一些大树，开着红花，应该是属于杜鹃科。杜鹃在不丹的种类最多，可以在途经的国家植物园中看到数十种。

为了破除路途中的乏闷，我准备了很多零食——加应子、甜酸梅、薄荷糖、陈皮、北海道牛奶小食、巧克力等等，又把长沙友人送的绿茶浸在矿泉水中过夜，十几小时后色香味俱出，可口得很。我不知单宁酸是否过度，也不管那么多了，用纸杯分给大家喝，我自己则用那虎牌（TIGER）的小热水壶泡了一壶浓普洱，慢慢享受。

为了赶路，也不停下来吃午饭，酒店准备了一些俱乐部三明治，糊里糊涂吃了。车子不停地摇晃，坐得愈来愈不舒服，也只有强忍下来。

到了一处，导游说前面的山路要爆大石，得停下来。问等多久，回答半小时。唉，有近一小时没事可做了。正在发愁，导游果真细心，拿出一张大草席，铺在石地上，另外从座位上取出枕头来。

前一晚没有睡好，又已经经历了八小时车程劳顿，看到那平坦的地面，不管多硬，就那么躺了下去，果然睡得很甜。如果在这种环境中能够入眠，还有什么地方不能睡呢？

岗提寺处于一个山谷之中，周围也没有什么好看的。此地盛产薯仔，大大小小的，有不同种类，喜欢马铃薯的人一定会高兴，但我一向对这种东西没有好感，怎么吃，也不觉得味道会好过番薯。当晚的薯仔大餐我可免则免，见菜单上有鳟鱼，好呀，即点。

一路上经过的清溪不少，鱼也多，一定不错吧？一吃，我的天！一点味道也没有！原来不丹人主张不杀生，一切肉类，包括鱼，都是由印度冷冻进口供应给游客，自己不吃。

要钓吗？可以，向政府申请准许证，外国人特许。不过我们不是来钓鱼的。

酒可以喝，烟就不鼓励了。这里抽烟的人不多，年轻人去印度学坏了，回来仍照抽不误，但会遭到同胞的白眼。

从岗提寺北上，到整个行程最值得看的普那卡堡（Punakha Dzong）。它就在父河和母河的交界处，几经地震和火灾，丝毫无损。寺庙的宏伟程度令人赞叹，巨大的佛像安详，皇族的婚礼都在这里举行。大庙中几百个僧侣一起敲鼓打钟之声音也摄人心魂，在这里的确能感受到密宗的神秘力量。

看完庙后，酒店员工依照我们的要求，在河边设起帐篷，来一个烧烤。一切餐具都是正式的，喝酒的玻璃杯、吃东西的瓷器碗碟等均有。这个野餐真是不错，要不是苍蝇太多的话。

餐后，酒店员工们展示不丹的国技——射箭。他们的弓是用两根木条拼成的，得用相当大的力量才拉得开，箭呈弧形发出，不容易掌握。

模式和工具不同，又没有大量经费支持，他们这个国技至今还打不进奥林匹克。

普那卡（Punakha）的安缦酒店是由一座藏式旧屋改造而成的，建于山中，当年是贵族居住的。我们得爬过吊桥，再乘电动车才能抵达。这里环境优美，房间舒适，为最有特色的一家。虽然它和岗提寺那家一样，只有八间房，但这里的房气派得多。

不丹是一个山国，老百姓住在哪里？当然是山中了。看到一间间的巨宅，根本没有路把建筑材料运到，全部要靠人工背上去，可见工程之浩大。那是贵族或地主生活的地方，一般人的房屋只能建在公路旁边，但也得爬上山，没那么高就是。房子这一间那一间，虽然简陋，但有这种小屋居住，已算幸福。

电视节目的传播，引起人民对都市的向往。地产商脑筋最灵活，开始筑起公寓来。所谓的公寓也不是很高，七八层吧。他们国家法律规定，所有的窗门还是要依照不丹式建筑。这样一来就把西方的高楼和不丹的低层楼搞乱了，公寓变成非常非常丑陋的样子。但很多人还是想拥进去住，大家挤在一起，买起东西来方便嘛，小小区就那么一个个地出现了。

我们的最后一站，折回有机场的帕罗，经过用针松叶子铺成地毯的小径，又听到流水声，就到房间。

我把从香港带去的方便面、午餐肉和面豉汤全部拿出来，大家吃得很高兴。

来帕罗的目的是爬山。最著名也是位置最险峻的虎穴寺（Tiger's Nest）就在这里。虽然有驴子可以骑，但也只能走一部分路程，剩下的还是要靠自己爬上爬下，这不是一般人可以吃得消的。

真的值得一看吗？也不见得。爬了上去，再不好看也说成绝景了，而且这里的空气，也不是特别清新。通常到一个山明水秀的地方，我们都会感受到的灵气，在不丹是找不到的。一切都被旅游书夸大了，也许这只是我个人的观点。

如果你是一个购物狂，那么导游都会劝你，在别的地方别买，到了帕罗才有东西可以买。而买什么呢？一般游客都会选一些带有宗教神秘色彩的手工纪念品，精明一点的购物者就会去找冬虫夏草了。

这里冬虫夏草卖得比中国西藏的还要便宜三分之一，但我们都不是中药专家，货好不好也分辨不出，价钱更是不熟悉，当然不会光顾了。

没有特别想要的，就在一家家的工艺品店找找有没有手杖卖，打算买一支给倪匡兄。找来找去都不像样，有些还是中国做的木雕花杖。

走进一家小店，店主听完之后拿出一支。一看，是桦枝杖。我们看到的桦树以白桦居多，不丹有红颜色的，还很漂亮，手杖样子又自然，预计四五百块也可以出手时，店主说："送给你。"

不行呀，又没买什么。"不要紧，不要紧，本来我是买给父亲用的，但老人家一看到手杖就摇头，我放在店里也没用，就给你吧。"

真是感谢这位好客的古董商。

幸福吗，不丹人？

联合国的调查将他们列为全球幸福指数最高的居民。但他们脸上笑容不多，失业率还是高的，在山中的生活并不容易。看见一位年轻妈妈，背着已经长大的儿子，还要爬上山去，她脸上的表情是无奈的。

曼谷 R & R

不丹之行，餐厅再好，也是食之无味。回程经曼谷，可得好好享受。英文有 R & R 这句话，第一个 R 是休息（rest）；第二个 R 则是 recreation，是消遣、恢复身心的治疗。R & R 是美国用语，战争结束，上司们让大兵到东南亚各地去大吃大喝——我们就是怀着这种心情去曼谷的。

到泰国玩，最好搭乘泰航，要是坐头等舱的话，简直是一大乐趣。物有所值，走下飞机，闸口¹ 有专人迎接，坐高尔夫电动车直达海关，走特别通道不必排队，连同行李一下子都被运到旅馆的专车之中。

我一向住文华东方酒店，这次依同行的孙先生推荐，在素凯泰（Sukhothai）下榻。想不到市中心有那么一家花园楼层式的豪华旅馆，不错，不错！它周围是商店和使馆，要找小贩摊子的话得搭车。

放下行李后，就往唐人街跑。银都鱼翅酒家我已光顾多年，主要还是去吃烤乳猪，鱼翅是不碰了。当晚，我们七个人差不多

---

1. 闸口：粤语，检票口。

把餐厅的所有菜都叫齐了，有螃蟹粉丝煲、红炆鱼鳔、蒸鲈鱼、肉脞草菇汤、七八种炒蔬菜，各种炒面、捞面、汤面等等。不要紧，不要紧，吃不完打包，结果都打包到肚子里面去了。

第二天，两辆经常来载孙先生的七人车来酒店迎接，一辆车接两对夫妇去打高尔夫，另一辆车接我们三人逛菜市场。车由阿新和阿志两兄弟经营，他们是在当地生活的潮州人，操熟练的广东话，我要去哪里先打电话或发电邮和他们联络，不必麻烦友人。我试探他们的能力，问最好的那两家榴梿档小店在什么地方，他们也即刻能回答得出。

车资为三千至四千铢一天，很合理。

一早先到酒店附近的公园去散步，多年前第一次去曼谷时入住的都喜天丽酒店（Dusit Thani Hotel）就在对面。那时觉得这家酒店很高，当今一看，它在大厦丛中像个侏儒。记得最清楚的是在酒店走廊养有一头小象，它到处走动，可爱到极点。后来在一次服务员的罢工中，小象因没人喂饿死了。

公园中有大批人在打太极拳。我们是为了小食档而来的，叫了潮州糜的咸菜煮鲨鱼、菜脯蛋、炒芥蓝苗、五六种不同的鱼饭、卤大肠、鹅肉、羊肉炒金不换、咸鱼、咸蛋等等数不清的菜。菜一碟又一碟地上，配着潮州粥，要不了多少钱。

吃完又吃，接着去被称为"百万富豪菜市场"的Or Tor Kor，它名字发起音来像日本话的男人（otoko），很好记。在这里，最高级的当地食材，包括蔬菜、海鲜、干货及水果，应有尽有。

当今是榴梿季节，泰国人嫌剥榴梿麻烦，小贩干脆用利刀将壳剖开，取出果肉，一公斤一公斤地卖。客人依价钱选喜欢的品种。

泰国最贵的榴梿肉一千铢一公斤,味道还好,但绝对比不上马来西亚的猫山王。而且,泰国人吃榴梿,喜欢有点硬的。

来这里主要是找熟食档中的干捞面,我对这种小吃有点着迷,一家又一家地试,失望又失望,都已经没有以前的味道了。

本着不放弃的精神,终于来到住惯了的文华东方,喝了一杯下午茶。在河畔看到一艘船经过,隔了半小时,又见同一艘船,如此三四回。一样的船看了又看,友人都不相信自己的眼睛,怎么有这种怪事?

原来,河流入大海,刚遇潮涨,又把船冲了回来。小船马达加力,再冲向河口,但又无奈地被潮水再次推回原位。

喝完茶,就到酒店附近的菜市场。这个只有本地人才会去的地方,有一档卖面人家,夫妇两人死守,已有三四十年。在这里,我叫了一碗干捞面,啊,一切美好的回忆都重返。以潮州话问店东:"怎么保持的?"

"其他摊子,都不用猪油了。"

当头一棒,我怎么没有想到这么简单的答案?

见有粿汁卖,即要了一碗。这种潮州小吃,除了府城和汕头还有,在其他地方已完全地消失了。

此行又与友人试了多家泰国餐厅,但都不值一提。最后一晚,还是去了 Ban Chiang,这家全曼谷最地道的泰国菜,水平数十年保持一致,原汁原味,每一道菜都不让本地旧客和外国老饕失望,价钱也便宜得令人发笑。

味觉这种东西很奇妙,吃过好的,知道有些泰国菜再怎么创新都不够好吃,来了曼谷,就不必浪费时间。也不肯去试大家推荐的意大利菜和法国菜,就算再好,也好不过到原产地去吃。

到达机场,第一个闸口就是泰航,行李全交给地勤员工,顺利、快捷地走进候机楼,里面泰国餐厅应有尽有。吃完还有时间,可以免费做个全身按摩。若要赶时间,也可以捏捏脚,服务真是好得没话说了。

小睡一下,抵达香港。

台北四十八小时

常到台北公干,今日去,明日返。除了工作时间,在剩下的不到二十四小时内,还能做些什么呢?

首先是酒店的选择。很奇怪,名牌大集团经营酒店,没什么人愿意到台北开。不过那些没个性的,不住也罢。我喜欢的还是西华(Sherwood),房间不多,很舒适,连李安也觉得不错,常入住。最重要的是它设有喷水冲厕,这是许多美国五星级酒店不懂得的服务。

放下行李,到餐厅去,有以下几家可以推荐。

三分俗气:卖的是浙江菜,有禁脔的头盘、猪脚炖海参的主菜,红烧牛肉也做得出色。听了我的介绍去的朋友,没有一个说不好吃。

欣叶:卖最地道的台湾菜,像蚋仔、菜脯蛋、煎猪肝、炒米粉等等,价格便宜,水平有保证。但得去这家的老店,忠孝店和一〇一大楼店两家分店,走高级路线,台湾菜变成不三不四的混合菜,千万不能走进去。

真的好:高级海鲜餐厅,但价钱实在,不会宰客人,鱼、虾、蟹客人可以自己从水缸中选择。看不到的是一种叫"花跳"的咸淡水弹涂鱼，肉幼细[1]得不得了，加姜丝来煮汤，甜美异常，不能错过。蔬菜可叫澎湖丝瓜，好吃得令人不能相信，但价高得和海鲜相同。他们包的粽子，也非买回来当手信不可。

度小月：本店开在台南，但台北这一家分店的规模和水平都和本店一样好。当然先来一碗担仔面，不喜面可叫米粉，然后来碗贡丸汤。这家店也把台南美食搬了过来，可叫盐烤虱目鱼、黄金虾卷、虾仁肉圆、蚵仔酥等，好吃得很。

以上这几家都在台北开业已久，如果你想找新的，那么到上引水产去吧。

这是一间开在滨江市场旁边的食肆，面积大得不得了，可以说是集中了海鲜超市、观光渔港、日式料理店、户外烧烤和火锅店的包围式经营。香港的观光客嗅觉敏锐，到了那里，你可以听到很多人在说广东话。

这里有一区专门给你选购游水海鲜，鳕场蟹、毛蟹由北海道运来，客人买了拿到店里，他们就帮你煮熟。你把成品拿到四处角落设有的立吞（tachinomi）站，就可以站着吃，吃完走人，不知要比餐厅便宜多少。

这里模仿了筑地鱼市场的构思，但原意近于纽约的EATALY，请了诚品书店的设计者将其建成了一个新颖的饮食天地。

台湾地区的人们把那种站着吃的形式叫成"立吞"，其实是错误的。"立吞"本是日本设在街边的售酒处，"吞"（nomi）只宜译作"喝"，而不是吃。"立食"（tachigui）才是正解。也许他们也不在意这些，将错就错吧。

---

1. 幼细：粤语，细。

在这里，我也看到很多人买一盒盒的海胆，大叫"抵食"[1]。他们不知，买到的只是俄罗斯出产的，而不是北海道的马粪海胆，但也不必扫他们的兴了。真正高级的日本料理，可得在香港吃，这不能和台湾人辩论，一谈起来就得打架，还是偷笑好了。

在台北，当然还可以到台北"故宫博物院"，或者去三越百货公司，但我的二十四小时，还是集中在吃、吃、吃。

到了半夜，我爱去一家叫"高家庄"的餐厅。他们打着招牌卖米苔目，说是像我们的银针粉或老鼠粉，其实是像濑粉居多。但我志在吃这家的卤大肠和其他内脏食物。没有一个地方的人做内脏做得比台湾人更出色，他们把内脏文化发扬到极致了。你到这里，吃一碟他们的卤大肠，就知道我在说些什么了。

再睡不着的话，有二十四小时经营的无名子。这里的台湾小菜有一两百种，你想到什么就有什么，还可以叫他们清炒蔬菜，奉送一锅番薯粥给你，包君满意。

早上醒来，我最爱吃切仔面。从前我在酒店附近的小巷中就可找到，当今已少人做，得特地去找。在迪化街有一家叫"卖面炎仔"的做得最为精彩。切仔面的"切"，并非字面上的意思，而是来自渌[2]面时"切、切、切"的声音。叫一碗干面，配菜有韭菜、豆芽，再淋上带肉臊的辣酱和甜酱。配的小菜有烟熏鲨鱼，鲨鱼靠近肚边的肉充满骨胶原，又肥又美。猪肝是用针筒把酱油打入血管再蒸出来的，幼细得不得了。再来碗猪腰汤，不怕胆固醇高的话可以来碗猪脑汤，大呼过瘾。

---

1. 抵食：粤语，值得吃，好吃又便宜。
2. 渌：粤语，烹饪方法，把食物放到沸水里稍微一煮，焯，涮。

在附近的迪化街旧区内，还可以找到专做贡丸的明华贡丸店和卖猪肉纸的手信店江记华隆商行。

吃完，我虽不是信徒，也到拜关公的行天宫一趟，感受台湾人的信仰气氛。接着乘酒店车到机场。航班的商务舱什么牛肉面、肉臊饭都有，更好吃的，是他们的煨番薯，甜到漏蜜，不容错过。机上小睡一个小时，到达香港。

九州岛之旅

多年前,我在日本冈山吃过水蜜桃之后,就深深地中了"毒",上了瘾。其他地方的桃子,试了又试,都找不到比它更好的。就算够甜,也不能像冈山白桃那样,用双手左右一拧,大量蜜汁喷出,这样的才叫水蜜桃。

今年又去了冈山,雨量不多,桃更甜,吃过的团友,没有一个不赞好。

又住回汤原八景旅馆,这家没有室内温泉浴室,要浸可得到地库的大浴池,或平台的露天风吕[1]。最有特色的还是步行到旅馆前面那条溪流去浸,那里三窟温泉涌出,浸时往自己身体一摸,滑滑滑滑,一连四个滑字,才知它是日本露天温泉之首。

最主要的还是先去探望我喜欢的女大将[2],这女人有相当的岁数,但怎么看都不老。

大厨是打败过铁人的师傅。他用一个双人合抱的大铁锅,放水,加面酱,滚后把一尾尾活的鲇鱼放进去煮熟,仅此而已。那么简

---
1. 风吕:日语,浴池。
2. 女大将:日本人称呼老板娘、女掌柜等为"女将"。

单的料理，那么美味！

肉方面，当然到神户我的好友蕨野的飞苑吃三田牛。两顿，第一顿是他太太处理，她将肉切条，放在备长炭上让我们自己烧；另一顿是蕨野的私房菜。我说："在巴黎吃过 blue[1] 的三田牛，你弄几块给我试试，看有什么不同。"结果拿出来的，不逊巴黎的，价钱更是便宜得多。

五天行程很快过去，大家回去后，我和助手荻野美智子又上路视察。九州岛已经有好久未去了，各团友都想念大分县臼杵郡的河豚，只有那边还可以生吞最剧毒的河豚肝，没有危险。

九州岛要怎么去呢？从香港当然有直飞福冈的航班，可惜商务位不够，还是从大阪转机为妙，至少前后两晚，又可以再在神户大啖蕨野的三田牛了。这次盼咐他第一餐改韩式的烧烤，加野菜辣椒膏拌饭，再加一贯的三田牛肉杂菜汤一大碗，后一餐吃他的私人会所高级料理。

这次准备的是新年团，一定得不惜工本，入住九州岛最好的由布院龟之井别庄。连住两晚，旅馆大餐的变化也得先尝试有什么不同的。

天气一冷，没有水果，日本果农一律种植夏天产的草莓，果园设备也应该去看看。

还有什么吃的？稚家荣的海鲜不错；他们用和牛做的包子，吃过的人都念念不忘。我们再去试试看有没有走味。

九州岛的手信，有著名的明太子。煮一碗香喷喷的日本米饭，送咸中带甜的腌鱼子，很不错。他们的冬菇，也堪称日本最好的。

---

1. blue：英语，（肉）未熟的。

又到福冈的一兰本店去吃拉面，他们的手信有三种干面——釜酱豚骨、淋酱的干捞和夏天的冷面，只要把面条煮个两三分钟，即可食用。最新产品有用昆布包着的明太子，试过觉得十分美味。

这次九州岛观光局非常重视，叫了大分县、熊本县和长崎县三个地方的专员来开会，把所有详细数据集中起来让我参考，希望我能去为他们拍一个旅游节目。可惜行程太紧，有些值得去的地方我都到不了。

大分县的观光局要员陪我们四处走，参观了酱酒厂原次郎左卫门。他们出的鱼露是用高级的鲇鱼来做的，还有用鹅肝和鸡心做的酱油，另一种很浓的柚子醋装进尖嘴的塑料筒中，可让厨师在碟上画画。

我们又去了一间叫"地狱蒸"的店，他们让客人自选食材，放在天然的温泉热气上蒸熟来吃。如果在店里看不到喜欢的食材，也可到别的食材店买，再拿去这家店里蒸，也很有趣。

几个县都在九州岛，但是距离十分遥远。我们组织的行程是在大阪住了一晚之后，第二天十点乘新干线，中午抵达福冈，先到稚家荣去吃一顿丰盛的海鲜以及和牛大包，再乘车往果园去自摘最甜的草莓。

日本人将草莓箱吊高，草莓伸手就能采到。草莓处理得干净不沾泥土，一摘就能吃，游客不必弯腰，不觉辛苦。入园时每人各领一个塑料盒装草莓，另有一格装着炼乳，草莓已经很甜，想要更甜的话可以蘸炼乳。

到了旅馆，浸一浸温泉，就可以吃大餐了。翌日早餐也在旅馆，吃后在旅馆附近散步，各精品店的品位甚高，也有各种风味的软雪糕，我们吃个不停。

中午乘车，从由布院到臼杵去，那家喜乐庵的几位女大将都十分端庄。她们的家族生意已做了一百多年，庭院不变，风雅得很。在那里吃一顿最丰富的河豚餐，当然全是野生的。试过了那种甜味，今后养殖的河豚再也难以入口。

农历新年时节，天气最冷，河豚最肥。还有那白子，吃刺身也行，用火灼一灼，更是毕生难忘的美食。

回程心急，再到大阪去疯狂购物，只有从大分县乘飞机直飞大阪国际（伊丹）机场，三十分钟车程就到市中心，刚赶上午饭。飞机不大，行李不便同载，另雇一辆货车直送。但是国内机要收齐乘客名单才能安排座位，所以这次请大家早点报名。

在神户吃三田牛私房菜，返港那天去黑门市场买食材打包返港，临上飞机再来一顿螃蟹大餐。这个农历新年，怎么也要过得豪华、愉快。

龟之井别庄

农历新年的旅行团,吃住当然得不惜工本找最好的,不然对不起团友,也对不起自己。

日本最好的温泉区之一是九州岛的汤布院。即使问日本人,他们听到也会竖起拇指。而汤布院温泉旅店之中最好的,当然是龟之井别庄,我多年前住过,印象犹深。再次入住,不知水平有没有降低,得再去探路。

众人在冈山吃完桃子之后返港,助手荻野美智子和我从大阪国际(伊丹)机场出发,直飞大分县。这是去龟之井最近的路线。

九州岛观光协会很是重视,派了两位要员前来迎接,她们叫河野纱弥和礒崎香织,名字甚有古风,但年纪轻轻。她们对九州岛也什么都知道,我一发问即有详细的答案。

"汤布院,又有人叫'由布院',到底哪个汉字才是正确的?"我问。

"龟之井别庄所在地是一个盆地,涌出最好的温泉,古时那里叫'汤布院',后来政府把整个县归纳成由布院。为了避免混淆,当今观光局干脆不用汉字,都以罗马字Yufuin称呼。"礒崎香

织回答。

从大阪市中心到其位于伊丹的机场只要三十分钟,经过一小时飞行,再乘五十多分钟车就直接抵达龟之井,轻松得很。

这个八十年前建好的、被日本人称为"贵人接待"的设施,面积连花园和庭院一共有三十多万平方英尺[1],种满巨木。从停车的位置走进,没有一般的招牌或大门,像走进植物园,一下到了接待处。

汤馆要员迎接,我也不想太多寒暄,直接进房。这么大的地方才总共有十五栋独立的日式别墅,另有五六间西洋套房。别墅室内宽大得不得了,有客厅、露台、日本卧房和西洋睡房,日本人称之为"和洋室"。有自己的浴室,池子也很大。打开窗,有公共的花园和私家花园。

一下子脱光衣裤,披上浴衣就往大浴室走。看墙上的地图,才不会迷路。浴室有玻璃顶,也有露天池,都很大。即刻浸入,真是舒服。在池中抚摸自己的身体,又潺又滑,在一般温泉都感觉不到。这里全无硫黄味,水质的确是高级。

---

1. 平方英尺:英美制面积单位,1 平方英尺约合 929.03 平方厘米。

客人通常是把食物搬到房间吃，但我们要试各个餐厅。我先到日式的山家料理·汤之岳庵去，这是一座用茅草搭成屋顶的古风建筑，吃的都是最新鲜的食材，温泉大餐当然应有尽有。日本人叫大厨为"料理长"，他前来与我商量。因为我们农历年来时要一连住两晚，有什么不同的菜式，都得事前一一安排。吃最好的，才算过年呀！

清酒有当地著名的和香牡丹大吟酿，价钱虽贵，但味道很好，虽不及山形县的十四代，但另有风味，喝得过。

酒醉饭饱，不宜再去大浴室浸泡，但还是在房间内的池子里再泡一下，入睡才舒服。私家池有一好处，就是水势强劲，如果觉得池水太热，开了水龙头，一下子就能调到自己感觉最舒服的温度，这一来才能浸久一点。

我们吃饭的时候服务生已把床铺在榻榻米上，又放下窗帘。我的习惯是把窗帘通通打开，翌日让阳光把我唤醒。哪知不到五点钟就睁开眼，之后这一段迷迷蒙蒙的时光，最好再到大浴室去浸他一浸，人即清醒。

一早出外散步，附近有个叫"金鳞湖"的天然湖泊，幽美得很。旁边有家很小的公共温泉，可以男女混浴，见没人，再去浸他一浸。

一路走去，商店林立，再过一会就开门，其中有多间很有品位。有一家卖蛋糕卖到发财的小店，门前永远排着一条长龙，东西是不是那么好吃，就见仁见智了。最喜欢的还是软雪糕铺子，各种味道的都齐全。

如果再走的话可以走一个上午，还是折回酒店吃早餐吧，和洋任选，也能在花园中进食。夏天蝉鸣，声大聋耳，吃完早餐走到旅馆开的咖啡室天井栈敷。"天井栈敷"是法国电影《禁忌的游戏》(*Forbidden Games*)的日本译名,原来旅馆主人是一个影迷。这家店到了晚上改为山猫酒吧,"山猫"取自意大利维斯康蒂的《豹》。店里的黑胶唱片收藏量惊人,歌剧、爵士等各种类别的都齐全,只要你说得出就找得到。如果再偏门的,就要到别墅中间的洋式红砖建筑物——谈话室中去找。这是个幽静出色的地方,设有最原始、最高级的留声机,巨大的木制喇叭已是古董,唱片用竹头磨尖的针来摩擦播放。

谈话室二楼有一个大横窗,装着玻璃,从内看出去是一幅树木的画,从外看窗上远山的倒影,又是另一幅画,设计很精心。

旅馆也有自己的杂货店,叫"健屋"。里面卖的都是本地老匠人的手工作品,还有果酱、梅酒、餐酒、渍物、饼干等,都甚有品位。商品摆得乱七八糟,但仔细看还是有条不紊的。助手美智子看中了一个手织的稻菊草蒲团,说她妈妈会中意,一看要一千多块港币,有点犹豫。我问她:"你母亲喜欢的东西多吗?"她摇摇头,买了下来。

龟之井别庄还有一个特点,就是看不到传统旅馆都有的女大将,服务员像隐形的,不会特别殷勤而让客人觉得受干扰,待客人需要时才出现。

如果说群马县的仙寿庵是高级旅馆中的宝石,那么龟之井别庄就是一块古玉,一生非入住一次不可。

迪拜之旅

忘记这是我第几次来迪拜了。最初只是转机，顺道一游，那时这个都市还未成形。后来我又专程来拍电视特辑、带团旅游等等。此行是与友人到希腊小岛，他们没来过迪拜，也就顺大家意停几天，想不到遇到台风"天兔"，又被迫一连住了两晚。

上回在所谓的七星帆船酒店下榻，印象极坏。根本没有七星这种评级，旅馆最多是五星罢了，六七颗星的都是自己安上去的，没人承认。

房间不豪华吗？绝对不是，浴室中的爱马仕（Hermès）化妆品都是一大罐一大罐的，在外面买的话算起来最少要两千多元港币。讨厌的是一进大堂侍者就排成一大排，递冰冻毛巾、热茶水、巧克力和一大堆蜜枣，进房间后再送上吃的喝的，问长问短不愿走。每个人要十美金小费，几天住下来，这笔钱也着实不菲。

一切都是用钱堆砌出来的，假得要命。说是水底餐厅，要乘潜水艇才能抵达，也不过是看看放映水中影片的窗户罢了。

好在这一趟入住世界最高的哈利法塔（Burj Khalifa Tower），它有一百六十二层，总高八百二十八米，比中国台北

的一〇一大楼还要高出三百二十米。哈利法塔由韩国人建造，能在沙漠中起那么一栋高楼，也实在服了韩国人。但它也被外国人讥讽为"巴别塔"，大家也知道巴别塔最后的结果如何。

在哈利法塔的第三十七层以下，建立了世界首家阿玛尼（Armani）酒店。最初以为它会像帆船酒店那么豪华奢侈，下榻后才知它朴朴实实，摒除了所有干扰客人的坏习惯，装修也在平凡中见高贵，一切用具当然是在大城市的阿玛尼家具店中可以见到的东西，我们住得很舒适。

友人成群结队地乘电梯到最高层展望，我没有兴趣，知道沙漠中经常有风暴，整个都市会被风沙笼罩，不去也罢。果然，他们什么都看不到，失望而返。

到过几家餐厅，都吃不到特别的东西。近年来迪拜经济低迷，各种建筑工程都停了下来，名餐厅的分店也是客人稀少，反而是到了一家黎巴嫩人开的餐厅，叫的几客生羊肉还吃得下去，只是苦了一些怕羊的友人们。

生羊肉的做法并不是将肉切成一片片的,而是用搅拌机打成糊,也就是我们这些"羊痴"才吃得进口。最后也剩下几碟,请餐厅拿去烤一烤,但做出来是无滋无味的。

白天观光,导游是个爱国分子,遮掩不景气的事实,说那棕榈岛的豪宅卖得很好。我们读国际新闻的,都知道那些豪宅滞销,购者都等着出手。

在棕榈岛的另一头又新开了世界最大的亚特兰蒂斯酒店,说有好几千间房。要是中国人开的话一定不会取这个名字,因为亚特兰蒂斯是沉在海底的。

这家酒店里面有世界最大的酒店水族馆。在迪拜,什么都要世界最大才甘心,而最豪华,莫过于浪费最大量的水。在这个终年不下雨的地方,海水淡化是最高的消费,到处可以看到喷水池,又有水喉[1]喷水到树叶上,才能看到绿色。

世界最大的黄金市场也在这里,我上次去,看到用金线织出来的衣服,这回也不愿再去了。古董店卖的都是假东西,我们住的酒店内也有大到走不完的商店街。还是省下气力,在酒店做做水疗算了。

在当地购物,最可观的还是机场的卖酒商店,在那里可以找到多瓶陈年单一麦芽威士忌。友人都是名酒专家,知道这里的与其他城市或机场的一比,还是贵出许多。但奇货难找,还是值得买,反正过几年一看,肯定觉得便宜,好酒是喝一瓶少一瓶的,不像钻石那么持久。

第三机场是世界最大的单一建筑,专门建来给空客 A380 起

---

1. 水喉:粤语,水龙头。

降。我们这次来乘坐的是普通机种，但头等机舱都是套房。所谓套房，是个可以用电动门来开关的庞大的空间。里面当然有迷你酒吧，但最过瘾的是一关门，没人看得见，你可以脱光光睡个大觉。

候机楼也极其豪华，但食物都一般。可贵的是登机门就在里面，不必再走出去，一进门就到登机闸口。

虽然候机楼什么都有，但我们离开时遇到台风，本来可以在里面做按摩或睡觉、冲凉，好彩[1]坚持住酒店。阿联酋航空安排的万豪国际酒店（Marriott），以为只是四星罢了，到达后才知也是又大又豪华，有好几家餐厅。先在半夜也开着的法国餐厅医肚，但东西还是难吃到极点。

住一晚就走，将就一点吧。哪知第二天也飞不了，又得留下，吃什么呢？阿拉伯菜已不敢领教了。这次出门，从迪拜飞雅典，乘船游希腊，回来再去伊斯坦布尔住几天。大家走后，我又和友人飞到波兰华沙去吃东西，全程二十二天，一餐中国菜也没吃，算是厉害。言归正传，见万豪国际里有家泰国菜餐厅，直流口水，可惜当晚那里被包场，只有找到酒店中的印度菜餐厅。

哪知这是家伦敦的印度菜名餐厅的分店，点了四种菜，竟然是我人生中吃到的最好的印度菜。终于在迪拜留下了最好的回忆。

---

1. 好彩：粤语，幸好，幸亏。

希腊之旅

我们从迪拜飞希腊首都雅典，全程五个多小时。

这趟游希腊选了一艘叫"保罗莫纳号"（Tere Moana）的邮轮，原因是对它的姊妹船"保罗高更号"（Paul Gauguin）印象极佳，上次去塔希提岛时乘过。船不大，约坐一百人，可以停泊在希腊的各个小岛。美国大公司的"怪物"，就停靠不了了。

在雅典停了几天，于雅典国会前的广场酒店下榻，它位于市中心，出入也方便。从酒店高层的露天餐厅就能直望雅典卫城（Acropolis）的古迹，说是神殿，其实是围墙的遗址，日出日落，把这个雅典的地标照得极美。

第二天就爬上去看个仔细。它在山上，好像不易攀登。但车子可以到达山下，慢走的话，不算辛苦，整个希腊也只剩下它保留得最完整。希腊政府虽穷，但也不停地洗刷它。真不知道为什么要这么做，旧就让它旧吧，我们不是来看新的，要维修也得经济好的时候去做。

很难想象它是公元前六世纪建的。大理石的巨柱是由一个个圆形的石雕叠成的，那种建筑模式影响了古罗马，也被整个欧洲和美国抄袭。

雅典也只有这座卫城值得看。如果你去海神神殿,那得坐好几小时的车,它建在海岸上,只剩下几根柱子,去了只有失望。

还是关注一下现代希腊人的生活是怎么过的。每天街上都有示威,幸好我们早走了几天,不然遇上他们全国大罢工就倒霉了。为什么希腊人那么爱游行?不必工作嘛,示威当成有薪假期。

政党为了讨好人民,这一派减少一个工作日,那一派为了要赢,再减少一日。当今人民每星期只需要做三天半的工,政府不破产才是怪事。

到了晚上,大家照样聚集在廉价餐厅。那里挤满客人,也不一定全是游客。大家灌啤酒,吃比萨,欢乐了整夜。我们走进了不少著名的餐厅,没有一顿留下特别的印象。

希腊菜不是烧就是烤,就连他们的美食节目也并不特别诱人。他们将大量的蔬菜淋上橄榄油。海鲜也多,八爪鱼尤其受欢迎,也不奇怪,他们的八爪鱼品种与别处的不同,不管怎么做都不太硬。

好吃的是坚果,到处贩卖。开心果最爽脆,应季的核桃是柔软的,可当水果吃。如果你对这些有兴趣,那么雅典的菜市场绝对可以走一走。另外,有条古董街也值得一去。那里旧家具卖得十分便宜,其他说是从海底打捞出来的古物,其实没有一样是真的。

国会前,每小时有一次守卫交更[1]仪式。卫兵们穿的制服没有一点希腊味,戴的帽子更像土耳其人的,鞋子前面有个大绣球,看起来像唐老鸭女友穿的。他们更换的步伐缓慢,一点也不威严,只让人觉得滑稽。

---

1. 交更:粤语,交接班。

我们还去看了新建的可以坐几万人的奥林匹克运动场，也就那么一回事，不如到阿迪库斯剧场（Herodes Atticus Theatre），还可以发怀古幽思。

总而言之，雅典是个乏味的都市，要真正接触希腊，也唯有航行到小岛去。

Tere Moana虽说小，也有五层。上船后依惯例有欢迎酒会，以及免不了的预防意外演习。餐厅有三间，全场禁烟，但也有一处允许。船长问有多少个烟客，举手的也不过三五人。当今，吸烟的人的确少了。

安顿下来后，傍晚出航。沿着海岸线航行的关系，船也不摇晃。晚饭在意大利餐厅用，饮食当然丰富，但都不是什么值得一提的。外国人有句话，说是没有可以写信回家报告的。

我们此行会停在希腊的提洛岛（Delos）、圣托里尼岛（Santorini）、罗得岛（Rhodes）、帕特莫斯岛（Patmos），以及土耳其的库萨达斯（Kusadasi）、恰纳卡莱（Canakkale），最后在伊斯坦布尔上岸。

"这就是爱琴海吗？"我无知问，"和地中海有什么分别？"

"问得好。"主管娱乐的英国人汤姆（Tom）回答，"爱琴海就是地中海的一部分，希腊人都称之为'爱琴海'，听起来也浪漫一点。"

如果你去过那么多希腊海岛，回来之后也一定会搞得不清不楚。但是希腊人说，那么多岛，总有一个让你爱上的，你只要记清那个就行了。

我们第一站是提洛岛，之前已安排好私人导游和各岛的专

车接送。乘邮轮时这个钱绝对不能俭省,一定得花在这种叫private excursion[1]的私家导游团上,否则导游细节说得不够清楚,客人玩得也不尽兴。

提洛岛除了考古学家之外,并无住民,这个古代的商业城市已完全荒废,但可以从许多古迹中看到它当年的繁华:商店、别墅、剧场、妓院,应有尽有;公元前三世纪已有排污设施,较当今许多落后的村庄还要文明得多。

导游一一解释,同船的美国人跟着大伙参观,看见我们的待遇颇感不平,向我们问:"为什么你们有我们没有?"本来对这些"乡下八婆"可以不理不睬,但当她回船还向职员抱怨时,终于忍不住,向她说:"让你嫉妒到死为止。"中文不够传神,英语作:"Eat your heart out.[2]"

那么多的希腊小岛,最受游客欢迎的,大家公认是圣托里尼岛。从邮轮望去,只见悬崖峭壁,山头被一层白雪盖住。

---

1. private excursion:英语,私人旅游。
2. Eat your heart out:英语,羡慕吧!

原来那是重叠着的房屋,被蓝天衬托着。希腊建筑全是蓝色屋顶白色的墙,有如它的国旗,只有蓝白二色。

游览车依着弯曲的山路,爬上顶峰。从顶峰向下看,只是蓝白二色的房子和永远的蓝天白云。希腊一年之中只有数天下雨,如果你遇到阴天,那是中了彩。

这个岛教堂最多。希腊人信的是希腊正教(Greek Orthodox),他们所建的教堂和天主教、基督教的也完全不同,在圣托里尼,大家记得的是一个顶上有三排大钟的,第一排一个钟,第二排三个,第三排五个,当然又是蓝顶白墙,这一点永远不变。

圣托里尼的村子建在山峰上,得一路爬上去,你如果体力不够,可以骑驴。有只驴胸口挂着一个牌子,写着"TAXI"[1],真够幽默的。

从山峰上望下去,有许多别墅、咖啡馆、餐厅,还有蓝色的游泳池。继续爬崎岖的山路,有不少手工纪念品店,各有风味,并不千篇一律。又看到一个风车,已没有叶片,只剩下骨干。

各处还有不断出现的猫。圣托里尼的猫最多了,很多人还出版了各种版本的猫书。猫、蓝顶、白墙,成为对这里不能磨灭的印象。

另一处是繁华的购物街。从中国香港去的游客也没有什么看得上眼的纪念品,乘了缆车下山返船。

船上餐厅的东西,几天下来也吃厌了。我们这群旅行老手知道怎么办,第一天就塞一百美金给餐厅主管,又给总厨充足的小费,就什么都容易说了。在岛上我们看到市场中的蔬菜就买下,返船

---

1. taxi:英语,出租车。

后交给厨房，请他们用鸡汤煮了，当晚就有中式菜汤喝。自己又带了一大袋的榨菜、拉面和酱油，不愁吃不好。

餐厅当然没有什么好酒。当地的 ouzo[1] 饮不惯，大家都爱喝单一麦芽威士忌，就各买数瓶佳酿，从傍晚就开始，搭配着在雅典买的开心果，大喝起来，到了晚餐时已醉，差一点的食物也变成佳肴。

又去了另一小岛，还是蓝顶白屋，地方是留不下印象的，最重要的还是人。在罗得岛遇到的导游年轻漂亮，她不断地提到安东尼·奎恩在这岛上拍了一部叫《纳瓦隆大炮》的电影，这个岛应该叫"安东尼·奎恩岛"。

按照希腊人说的，那么多岛，一定有一个值得爱上的话，我喜欢的，叫"帕罗斯"（Paros），而令我爱上它的，是导游瓦尔（Val）。

Val，就叫"阿维"吧，不是希腊人，而是来自德国。德国和希腊有很深的关系，居住于德国的希腊人也不少。阿维年轻时来到这个小岛，就不回去了。

阿维年纪应该有五十多了吧，乌丝之中有一大撮白发，样子长得和瓦妮莎·雷德格雷夫（Venessa Redgrave）一模一样，可能是常年不用化妆品的关系，皮肤已被强风吹得粗糙，虎牙有一颗已脱落，也不去补了。

阿维不像一般导游，讲解不是背历史和地理。她说："你看到那座教堂了吗？旁边是一座尼姑庵。传说中那里有一条隧道，是修道士和尼姑一起挖掘的，不知是谁更努力。

"岛上有一座大理石山，出产的石头最完美。爱神米罗的维纳斯像也是用这里的石头雕出来的，拿破仑的墓碑也是。大理石

---

1. ouzo：英语，（希腊）茴香烈酒。

很容易燃烧，烧出来的石灰用来涂墙，最为平滑，也不会被风沙腐蚀。"

当我问"那么多小岛，为什么你会在这里留下"时，她回答，喜欢岛上人民的风俗：死后埋葬三年，将骨头挖出后用美酒洗得干干净净，放在一个盒子里面，再装入小屋，一个家族可以住在一起。后人把先人喜欢的东西放在盒中，当成祭品。

阿维自己家没有水电，煮食靠烧木材。"你知道用不同的木头烧出来的菜有不同的味道吗？""水呢？""自己挖一口井取呀！"

在那岛上，她带我们去吃了一顿极美味的大餐。那是把羊的内脏裹成一团，再用肠子绑扎，放在炭上花好几小时烤出来，再剁成碎片来下酒的。

她最喜欢喝的是有个 A 字的牌子的啤酒，我试了，的确不错。她最爱抽的是希腊香烟，叫 GR，一包有二十五根。我向她要了一根，是土耳其系烟叶，浓似小雪茄，便宜得很。

上船的时间到了，她还坚持带我们去一个小渔村，那里晒满八爪鱼干，还有个咖啡店，全是蓝色的桌椅，望着蓝色的海。

知道我也写作时，阿维指着山上的一座建筑，说那里本来是家很有味道的旅馆，当今游客都去住海边的，就荒废了。这个岛的政府把它改装成写作人休息处，供天下的作家以象征性的租金长住，只要把自己的作品呈上，就可以申请到住下来的权利。

心中，向往。哪天，回到帕罗斯岛来吧。到阿维家做客，吃她做的菜，喝有 A 字的牌子的啤酒，抽 GR 烟，聊我们聊不完的人生旅程。

土耳其之旅

我们的邮轮,从此行最后一个希腊小岛启航,翌日到达土耳其的库萨达斯。那里是个大学城,挤满了年轻人,可以看到他们的活力,但整个海港算不上有趣。

过一夜,又停在土耳其的另一港口,叫"恰纳卡莱"。这个地名对你来说也许不值得记得,但依照荷马写的《伊利亚特》(*Iliad*),这里就是特洛伊(Troy),《木马屠城记》中的那一个。

这里从古迹变为旅游点之后,人们当然很愚蠢地搭了一只不小不大的假木马,又叫些人扮演战士,表演了一番。既然来了,看一眼就走。

恰纳卡莱的另一名胜是加里波利(Gallipoli),听到它的名字澳大利亚人就热泪盈眶,第一次世界大战时在这里死了不少澳大利亚兵。我们知道此事便是,不必再去看古战壕了。

如果对购物有兴趣的话,这里有政府资助的地毯学院和工厂,可以去买一两张。见识过各种地毯后,你便会发现有一家叫Cinar的做得最精细。

船继续开,我们在伊斯坦布尔上岸。

这个横跨欧亚的都市，我来过好几次。这里最显眼的是一座大桥，桥的左边是亚洲，右边是欧洲，很多人在桥上钓鱼。钓鱼，好像是土耳其人最大的乐趣。

我们是来吃东西的。此行十多天下来，我们终于吃到最满意的一餐，是在一家叫Asitane的餐厅。

在幽静干净的院子里的橄榄树下，第一道上的是招牌菜羊肉汤，里面有煮得烂熟的羊肉块，加了洋葱、蜜枣和无花果干，慢火熬出来，汤极浓、极香甜，连不肯碰羊肉的朋友也大赞好喝，从此爱上。

接下来的菜是用一个蜜瓜，把肉碎酿了进去，焖熟之后把瓜当成碗上桌的。肉碎之中有开心果、葡萄干、小米饭和各种香料。

羊腿是裹在整个面包里焗熟的，肉不必咀嚼，化在口中。这些都是奥斯曼帝国年代遗下的古食谱，那么辉煌的一个王朝，不可能没有美食的。而当今一般的土耳其菜，只剩下肉片重叠后烤出来的土耳其烤肉（kebab），真是罪过。好东西不去找，是不知道的，不能凭一两种便宜食物，就以为了解了整个文化。

饱饱，就去看名胜了。

圣索非亚（Hagia Sophia）教堂是非常值得一看的，Sophia在希腊文中是"智慧"的意思。它最令后人惊叹的，是那么大的一个圆顶，竟然可以没有柱子支撑！学建筑的人都要去朝拜，设计这圆顶的并非建筑师，而是两位希腊科学家。

经过奥斯曼帝国统治，壁上许多神像都被人用石灰涂掉，代之的是阿拉伯文字。现代人才开始慢慢清理，多幅圣母和耶稣像重现了出来。

四季酒店有一座新的，靠海。近来海边建了多家酒店，都没什么味道。我们还是决定在旧四季下榻。它由老牢狱改造而成，楼顶极高，房大又舒适。这个酒店最好的一点是从顶楼阳台可以直望圣索非亚教堂，每天傍晚还可以在那里喝酒、望日落。

　　早餐不在酒店吃也罢，可以到海边的一家叫 Kale 的咖啡店去。那里的土耳其香肠、芝士、蜜枣和沙拉，好过任何大酒店的自助餐一百倍。

　　要去的地方都在老四季酒店附近，走路可到。接着去购物，在 Cinar 伊斯坦布尔的总店中，看见一条蓝色地毯，全丝制成，反光度极强，可以转变成淡蓝色和深黑色，漂亮得不得了。问价，六万五千美金。友人廖先生是位谈判专家，先由减税开始，降至四万多，再磨完又磨。不买，走到附近溜达，让店主追来。杀了又杀，我心中认为三万美金已是值得，但廖先生一直保持笑容，坚持不买。

　　最后，店主投降，以两万三千美金成交。怎么认为是值得的？先由织毯高手算起，每人月薪最低也应有六百美金吧？织这么一张复杂的毯子，最少需要四个名匠，一针一线，花十个月时间，也就是两万四千美金了，原料不计入，也已回本。但是，最重要的，还是自己喜欢。

　　店主上前握手道谢。在土耳其，一个不会讲价的客人是得不到尊敬的。

　　我们又去香料市场买甜品。土耳其甜品被称为"土耳其的喜悦"（Turkish delight），已闻名于世。这里简直是甜品天堂，只要你能想象得到的，都能制成。要当甜品师——就像学建筑要到圣索非亚教堂学习一样——一定要来土耳其参拜。

在香料市场,也可以买到上等的乌鱼子。很多人以为乌鱼子只有中国台湾的好,你试试上等的土耳其产品,就知高下。

土耳其除了是甜品天堂之外,也是羊肉天堂,到处都有羊肉肉团的烧烤,但是要吃羊头,要到专门店去。有一家最古老的,叫 Lale Iskembecisi,在一九六〇年创建。

真不能想象一个羊头有那么多肉,用手剥来吃最豪爽。如果嫌羊脑不够多的话,还可以单独叫一碟羊脑沙拉。至于羊舌头,就只有羊头里那一条了。

华沙之旅

游完伊斯坦布尔,有些友人先回香港,毕竟已出来十八天了。我和廖先生夫妇再飞波兰的首都华沙。

"去华沙做什么?"有些人问。

回答道:"不做什么,为的是没有去过。"

东欧的地理环境远比不上西欧,绝无法国的优美,也没有意大利的炎热。在第二次世界大战时,华沙几乎被轰炸成平地,有七成以上的建筑是重建的。好在根据古照片和图则,华沙恢复了古貌,经过六七十年,也看不出什么伤痕了。

我们入住位于旧城区的 Le Bristol 酒店,它楼顶很高,非常有气派。放下行李后就去观光。没有一个波兰人比肖邦更出名了,包括他住过的房子、去过的教堂,当然最著名的还是肖邦纪念馆。

纪念馆由一座巨宅改建而成,设施相当地现代化,一张张的肖邦乐谱,在计算机控制之下,一翻开就能听到演奏。陈列着的还有他弹过的古钢琴、和他到过的城市相关的物品,最后还有死亡面具。制作死亡面具是欧洲古代名人死后的传统,人们根据他的尸体打一个石膏模,当成纪念。我倒认为这是件不尊重逝者的事。

至于皇宫，没什么看头，欧洲其他城市的要辉煌得多。但也去走了走，皇宫花园的树木，每处还是不同的。

最实际的还是吃，波兰虽然经济不振，农作物还是丰富的。我们在这里看到前所未见的向日葵，摘了头卖，一个个大如我们的洗脸盆，绝不夸张。种子一粒粒的，像苍蝇的眼睛，有密集恐惧症的人看了一定会害怕。如果是两位好友，买了一个放在面前，你一粒我一粒地剥下种子来送酒，却是非常优雅。

当今也是榛子和核桃的季节。前者有果叶包住，撕开了才见大若拇指的果壳，敲开了吃新鲜的果仁。后者大如苹果，用一般的核桃夹子都不能打开，我买了两三公斤，准备拿回家用石臼对付。

当地的水果、芝士和坚果都很丰富，在市场上一走，觉得这里人民的生活不应该那么清苦，弄坏经济的应该是政治家。当今波兰虽然加入了欧盟，但不可以用欧元，也不知道是幸还是不幸。

问漂亮的波兰导游，她说很多工业都可以发展，但被企业家控制住，他们宁愿进口便宜一点的外国货来卖。我想起波兰的电影工业本来很发达，拍出了《灰烬与钻石》等出名的电影。她惊讶于我也能记起，但说是因为官僚主义的阻挡，有种种不合理的工会条件，使外国电影人不敢前来拍外景。

还是去医肚吧，她带我们去一家叫 Folk Gospoda 的餐厅，那里的室内装修有如俄罗斯小屋。波兰因为土壤不适合种植葡萄，没有什么好的餐酒。波兰人做得最好的只是啤酒和伏特加，我们也就大喝这两种了。

吃的有生牛肉、牛肉浓汤等等，没留下什么深刻印象，只觉粗糙。

如果以为波兰菜没有什么好的，那也是大错特错。事前，我们做好资料搜集，找到了一家叫 Don Polski 的餐厅。走了进去，看到里面布置得幽雅。不一会儿，侍者就把我们用电邮预订的烤乳猪拿了出来。

虽说是乳猪，也有火鸡般大，皮烤得好像很脆，但侍者说他们是不吃皮的，把肉分了出来，汁多软嫩，的确很特别。就算是中国烧乳猪或西班牙、葡萄牙的，也没有这种效果，波兰人有他们的一套。

乳猪肚里塞满了大麦和苹果，另有一番吃头。忍不住还是剥了一块皮来试，硬得要命。

最初订的时候，他们说要提前一个星期准备，听说我们只有四个人，他们回电邮讲明一定吃不完。我们不管，还要了一头烤奶羊。

奶羊已剥了皮，淋上白兰地，点着火上桌，很气派。看见一个中年女士拼命拍照片，廖先生说她一定是个写食经的。既是同行，我就上前请她一起分享。这女人也不客气，一屁股坐下，吃了几口，点头赞好，就走了出去。

接着，我们没有叫的菜品和甜品一样样地送了上来，这是怎么一回事？原来那个所谓写食经的，就是这家店的老板娘，这些都是她送给我们品尝的。

在市场中看到很多未见过的菇类。中午就找到一家专门店，一点肉也不叫，都是菇，也吃得饱到不能再饱。

晚饭订在一家叫 Atelier Amaro 的餐厅，它在当地最为热门，是做新派菜的。我一听有点抗拒，但新派菜总是那么一点点一点点，前几餐已够饱，难吃就不吃好了。

餐牌上有八道试吃菜，有酒搭配，即吃什么配什么酒。波兰没有好的餐酒，这家店配的，是烈酒！

这下可好，我即刻大喜。

这家店食物没有什么值得一说的，但是呈献的烈酒，是专门从全波兰最好的酒窖挑选出来的，有的是一百零七度，两度算一个巴仙[1]的酒精，一共是五十点三五巴仙。

全部八杯，有用薯仔提炼出来的伏特加——用小麦提炼的味道更纯，还有你永远想不到的用牛奶、蜂蜜、各种水果做成的烈酒。一杯杯干了，愈喝愈痛快。这一餐，永记心头。游华沙，千万不能错过。

---

1. 巴仙：东南亚一带的华人用语，由英语的 percent 音译而来，普通话称为"百分之"。

四季和安缦

近年的旅行,酒店的选择多数集中在四季酒店和安缦度假村。这两个集团的经营和品位,是极有保证的。

只要在巴黎的乔治五世住过,就知道四季的实力。他们的选址一流,从酒店一走出来就是香榭丽舍大道,但不喧哗,因为躲在横街中;走进大堂就见其气派,酒店是由古建筑改造的,楼顶极高。

大堂中摆满了花,用的是一个个巨大的长方形玻璃瓶,花不是直插的,而是打横的。这种插花技术已被其他酒店抄袭,但四季那种布满每一个角落的豪华奢侈,不是那么容易学得来的。

房间当然宽敞,一个洗手间已有美国连锁酒店的半个房那么大,里面装修尽量保持古风,在不起眼处才有最新的电器装置。

布达佩斯那家,由一间旧银行改建而成,面对着地标铁桥,每一个窗景都是一幅画。入夜,窗景被照得更加美丽,令人对这个城市留下不灭的印象。

伊斯坦布尔有两家,新的在海边,是当今最热门的地点,但不如旧的那家——改建自老监狱,就在圣索非亚教堂的旁边。客人可以在夕阳中的天台上喝杯鸡尾酒，望着美丽的教堂变颜色。

近一点，去清迈的四季吧。每一间客房都是一座独立的建筑，它们包围着中间的一块农田，那里有两只特别的水牛，一黑一白，陪着农夫们耕作。

再到"金三角"，客房是在营帐里面的，营帐搭在森林之中，客人可以享受所有热带雨林的原始风味，但避免了蛇虫鼠蚁的干扰。还有骑大象的节目，很是好玩。

集团由一位叫伊萨多·夏普（Isadore Sharp）的加拿大人创立。最初他也自己建酒店，后来在一次地产风波中差一点破产，就决定以后只是管理了。他们有一个强大的团队，在各方面都有经营的经验，地产商只要出一块地皮、一座建筑，他们就能经营得很完善。当然，他们不是阿猪阿狗的地产商可以接触得到的。

四季会向地产商抽总收入的三个巴仙，然后在盈利中再抽五个巴仙，这是他们的经营模式。他们提供的是四大支柱：质量、服务、文化和品牌。

在"9·11"事件之后，旅游业大萧条，四季又拒绝地产商把房价降低的要求，弄得纠纷不断出现，最后只有把股份出售。买入的人也很有眼光，是比尔·盖茨和沙特阿拉伯王子，Sharp最后只占五个巴仙罢了。

集团当今恢复元气，在中国又新开了多家。他们也回馈社会，致力于环保并大力资助癌症治疗基金，这些都是好事。

酒店业的另一奇葩——安缦度假村，由一位很有远见并且品位极高的人——阿德里安·泽哈（Adrian Zecha）发起。很多人不知道，他是个印度尼西亚和捷克的混血儿，也曾在中国香港住过，

创立了《亚洲杂志》(Asia Magazine)。这本杂志当年是随英文报章送的,也许老一辈的读者会有印象。

有一次,他在泰国的普吉岛海边散步时,脑中忽然出现了一个远景。为什么酒店一定要几百间房才能成立?为什么不可以将酒店当成自己的一个家,有私人的海滩?这种新的观念创造出当今最流行的精品酒店。安缦普瑞(Amanpuri)成功之后,巴厘岛的安缦达瑞(Amandari)又战胜一役。他从此南征北讨,一家家酒店建立,原则是每家绝对不会超出五十间房。

当今安缦开到世界各地。中国也是他们的新兴市场,已有杭州法云村的安缦;北京的那家,客人可以一早起身在颐和园散步,不必和游客们拥挤。

游柬埔寨吴哥窟的话,可以住暹粒的西哈努克亲王的别墅,它也被改建成安缦酒店,精致得不得了。客人一到机场,酒店就派出几辆古董奔驰车来迎接,气势非凡。

安缦酒店永远是那么低调和优雅的。也许有人到不丹去是为了体验那边人民的幸福生活，但是少了安缦酒店，旅程就会失色不少。他们的别墅式酒店布满不丹全国，有些只有八间房，但每一家都有特色，总是隐藏在山中，经过漫长的散步小径才能找到，让人感觉完全是与世隔绝的。

当今，安缦酒店已成为开发旅游的一个工具，政府会长期地租出土地和投入大量的资金去拓荒，像最新的越南芽庄安缦（Amanoi）就是一个例子。

在安缦的官方网站上有这么一段话："如果你以酒店房间数目来衡量一间酒店的成功与否，那么安缦的度假村一定达不到这个要求，我们从来没有想过要成为最大的酒店集团。刚好相反，我们希望成为小规模的、私密的、让人感觉亲切的酒店。并不是说因为我们规模小，就比大型酒店好，我们的优势是与众不同。安缦酒店集团会提供一种与时俱进而且领导时代的生活方式——一种不受任何限制的生活方式。"

安缦的英文名Aman源自梵文中的"和平"一词，住过一次，即能体会，也会上瘾。上瘾之后，便想一家家去住，看有什么不同。这种客人，英文有一个名词，叫Amanjunkie，翻译成中文，难听一点是"安缦级贵客"，好听一点，就叫作"安缦痴"吧。

下一段旅程，最希望去黑山，体验一下那边的安缦。

芽庄安缦

我们这次和几位友人，去泰国清迈、越南河内和芽庄。前两个地方我都去过好几次，主要的还是想试试芽庄的安缦度假村，晒晒太阳。

十一月，原来这些热带国家都已清凉，日光浴太冷，连房间外的游泳池也不想去浸了，浪费得很。

清迈的餐厅多已游客化，没有什么值得一提的，除了那家Baah Suan。那是当地的一位名建筑师经营的，是沿着河边建造的泰式小屋。Baah Suan的食物非常精美，和在中国香港吃到的泰国菜完全不同，值得推荐。

本来文华东方在近清迈市区处有家很好的酒店，出入方便，但可惜已经转手，不再有文华的风格。最后我们还是住回四季，虽然离市区远了一点，但已是最佳选择了。

清迈四季的环境和服务是一流的，那里的spa[1]有兰纳式的按摩，较一般的好得多。走廊和花园布满一个个的水盆，里面漂着鲜花织成的图案，给人留下深刻印象。酒吧中有位年纪很大的酒

---

1. spa: 英语，（提供健康和美容设施，如蒸汽浴、运动器械和按摩的）健身娱乐场。

保,把各种传统鸡尾酒调得很正宗,这已是很不容易的事。问他有没有湄公牌的泰国威士忌。他摇摇头,说他自己也想收藏旧货,每次到曼谷都去寻找,但都失望而返。我想喝的"湄公河少女"鸡尾酒,没有了湄公牌威士忌,已成了绝响。不过他介绍另一款泰国冧酒[1]给我,勾了椰青水之后也迷人,请我命名。我说叫为"清迈淑女"(Ladies of Chiangmai)好了,他点点头收货。

在清迈的菜市场中,看到最多的是炸猪皮。这简直是清迈人的主食,捏了一团糯米,再咬几口猪皮,就是一餐。各种各样的猪皮,有的炸了两次,走了油,抓在手上也不觉腻,爽脆香浓,好吃得不得了。炸物之中,还有炸黄蜂,比普通蜜蜂大出几倍。想不到这种会叮死人的毒蜂也可以吃。

---

1. 冧酒:粤语,朗姆酒。

在清迈收到消息,说超级台风"海燕"正来到河内,好在我们是私人飞机,即刻改道到新加坡,想入住我最爱的富丽敦(Fullerton)酒店。但正遇摩根士丹利在新加坡开大会,所有酒店都客满了。打了电话给信和高层,请他们特别安排了几个房间,住得很舒服。

到了新加坡当然要去潮州餐厅发记。友人吃过加肥猪肉煮的芋泥,又甜又咸,念念不忘,再去尝试,味道还是那么好。同在厦门街上有家叫"茗香"的福建菜馆,从前炒面一流,这回又去,所有的食物都一塌糊涂,吃得一肚子气,各位千万别去上当。新加坡小贩食物已是有虚名而无其味,连这家老店也一样。

最后,临上飞机,带友人去加东的Glory,这是保留了原味的一家,大家吃过无不赞好。我说我小时候吃的,都是这种味道。

顺便在Glory的小食部买了各种糕点,鱼饼、虾片也特别香。在飞机上喝着五十年的Glenury Royal单一麦芽威士忌,一下子抵达越南芽庄。

这下子可折腾了,要一个半小时的车程才能找到安缦酒店。马路崎岖,凹凹凸凸,车子常会轧中大洞,入黑[1]之后更为惊险。如果是前来度蜜月的小夫妇,坐上本地的士,不吓死才怪。我们经历过不丹的山路,觉得这是小事一桩。

终于来到酒店,望过去是一条木头的长廊,利用透视的美学,简单之中感到高贵。这都是安缦酒店的特色,每一间安缦都会给你那种低调及安详的感觉。

办理了入住手续之后,我们便由电动高尔夫车子载往各家别

---

1. 入黑:粤语,天刚黑的时候。

墅。别墅都是依山而建的，躲藏在丛林之中，又不破坏自然。房间十分宽敞，厅、房、阳台、私家池、浴室都干净又舒适，杜绝一切的蛇虫鼠蚁，客人可以宁静又安心地睡一大觉。

翌日，被鸟鸣叫醒，拉开窗帘，发现别墅除了柱子，几乎没有墙壁，可以让阳光照进每一个角落。大池的水已烧暖，游个泳后便可以去吃早餐。

餐厅分两个部分，有冷气的室内的或露天的任选。法棍面包上桌，一捏在手中就发出爽脆的裂声，表示是手艺极高的面包手现烤出来的。牛油一吃即知是法国诺曼底味道，一切完美。

不喜西式的早餐，还有越南河粉、塞肉法棍等地道美食。吃完后便去"发现"酒店的各个角落。当然有极高级的spa，这是安缦酒店必备的，旁边有一个无边的大泳池。如果嫌这个泳池不够大，在供烧烤及野餐的海边食堂外还有一个四十多米长的浴池。

整间酒店开在主山（Nui Chua）国家公园里面，四十二公顷的山头上散落着三十六座独立别墅，还有不为外人打扰的沙滩。如果喜欢这个环境，安缦也建有一些别墅供私人购买。

觉得闷的话可以到附近的渔村散步。我们在那里看到很特别的"圆船"，就是一个巨大的竹箩，外面涂着漆，不会进水，只是不懂得往哪个方向划罢了。

这家酒店服务上还有些不完善的地方，到底从开张到现在不过几个月，有待一步步改善。相信在安缦集团的管理下，是绝对做得到的。

重访北海道

十多年前,我常乘的航空公司因生意不佳,要停止直航北海道札幌的班机,问我有没有兴趣包下最后一班机商务舱那三十多张票。回来把酒店和餐厅一算,五天四夜包吃包喝包住,竟然还有一点纯利,就把团费定为一万元港币。

当今当然像广东人所说:"冇呢支歌仔唱啦(已无此曲可唱)。"不过,香港人乐此不疲,香港—札幌这条复航的直飞线班班爆满,我们也不必去到东京或大阪转机了。北海道已成为"中国人的天下",中国人到处可见,每个地方都有汉字标语。

北海道到处都能看到雪,中国游客大为高兴,尤其是第一次见到雪的南方孩子们。日本游客是绝对不来的,他们只享受夏日的避暑,雪对他们来讲并不稀奇。本来冷清清的冬天,居然来了那么一大批中国客,日本人也不得不高兴。

可是仅有游客是帮不了北海道的,一个地方的经济好或不好,看看他们的的士就知道:街头巷尾排着一条条空车的长龙。车价也不是几十年不变,一直维持着上车六百五十日元。为了竞争,政府让车主自由定价,有些降到五百五十日元,到了小樽,起步

价只是五百日元而已。

经济一差，地皮就跌，又加上近年汇率已不那么高，中国人看到土地就买。眼看地皮一块块消失，日本人开始定下法律，不允许中国人那么疯狂地购买。但地产商哪会像北海道政府那么单纯？中国人不能买，就叫新马泰人来买，背后老板不也还是中国人？

生活虽苦，也得活下去。北海道的白领，已有十几二十年没有涨过薪水了。不被老板炒鱿鱼已应偷笑，他们咬紧牙关活下去。

城市中的人已那么惨，乡下呢？耕田的呢？请各位别替他们担心，基本上日本已没有穷人，每家每户都有洗衣机和电饭煲，空调设备都做得极好，洗手间的地板也加了热，他们在冬天不会冷到。他们甚至连喷水马桶的厕板，也是暖的。医疗保障更是做得不错，有许多老人把出入医院当作日常娱乐。

饿死是不会,冻死有可能。大雪把乡下的马路封闭,人在车中出入不得,时常有父母为保护年幼子女而丧命,这是北海道人接受的事实。

农村不断地缩小,年轻人大多到城市去工作,当地人口老龄化严重。许多木屋都荒废了,如果有人肯到那里生活,随时可以免费入住。但那种乡下连医院也没有,还需要参加很重的体力劳动并忍受寒冷才能在那里活下来。

但是有些人够有勇气,像环保分子,他们自耕自足,不吃城市的农药菜;像艺术家,他们宁愿孤独地在雪中做玻璃工艺品,雕刻湖中漂流来的木头,等等。

遇到几位,他们说:"有什么会苦过战后的日子?人的忍受力极强,不是那么容易冻死、饿死的。北海道是我们的故乡,总比到一个陌生的地方生活好。"

我们游客当然不必去体会,入住温泉旅馆,泡泡露天风吕,优哉游哉。札幌至今还没有所谓的五星级酒店。从前的札幌格兰大酒店(Sapporo Grand)或公园酒店(Park Hotel)垂垂老矣,当今最高级的算是火车总站的JR酒店,出入方便,要购物,楼下的大丸百货走几步就到。

最贵的料亭还是川甚,我们这回又去光顾。妈妈生[1]穿着和服笑盈盈地招待,一看便知年轻时是一位美人。问她:"女儿呢?"她回答已经嫁人,现在又收了另一位养女,样子过得去,把她培育为接班人。

寿司善还是城中最好的一家,在最旺的街上的那间是分店,

---

1. 妈妈生:南亚以及中国港澳地区对老鸨的另一种称呼。

要吃还得到圆山(円山)那家总店去。北海道一向因为食材最丰富、最新鲜而养不出好师傅来,但这家店是例外。主理板前[1]的厨子像个飞刀手,先把一块姜切成数十薄片表演一下,问你服了吗。

海鲜到处有,到了小樽,那里还充满玻璃店。我这回是去找杯子的。为什么老远跑到小樽?我有一个朋友,宴客时大干茅台,为免一下子主客都醉,就要用最小的杯子来干,但怎么找也找不到理想的小杯,只有定制。

有一家店叫"小樽手造硝子工房"。硝子,就是玻璃的意思。那里有一位叫上浦斋的师傅,客人要什么就做什么,而且作品非常有艺术性。

向上浦先生说明来意,他拿出几种样板,我都不满意。我的要求是杯子看起来不能太小,太小就小家子气。他说可以用玻璃来托底,玻璃是透明的,看不出。但单单是个玻璃杯看起来也不高级,是否可以刻出花纹?他说这是另一门工艺,有专门的切割玻璃师傅,这并不是他拿手的。上浦先生建议把彩色混入玻璃中来烧。我们把造型研究了又研究,又聊了一番颜色如何配搭。最后他说,先烧一个样板,再进一步讨论。我问价钱。

"这是一个挑战,你识货,满意了再给我一个合理的,就行了。"他说。

---

1. 板前:日语,厨房。

莫斯科掠影

严冬到访莫斯科，当然大雪纷纷，寒风刺骨。但也好，经历过最恶劣的环境，以后在其他季节重游，都会觉得阳光普照。这是旅行爱好者的心态。

基本上，在俄罗斯市中心还是能看到万国共有的名牌衣服、手袋的商店和广告。当地特色，只有从古建筑中寻找。

"洋葱头"还是有的，克里姆林宫、红色广场，还有数不清的教堂。莫斯科的历史和文化不灭，旅游要看你的兴趣何在。

之前已安排好交通工具和导游，在短暂的时间内，这两种服务是不能俭省的。来了一个身穿裘皮的老太太，样子像电视剧《美国人》(The American)中的那个相当长舌的间谍，不是我喜欢的。

美国大集团管理的酒店，还是住得过的，但服务精神在俄罗斯还不是人人接受得了的。旅馆人员水平欠佳，也少了欧洲人的笑容。放下行李后，还没有到用膳时间，"间谍"老太婆问："第一站去哪里？"

"Yeliseyevsky[1]。"我回答。目的明确,我要去的是闻名已久的食材店。它开在一栋十八世纪的建筑物中,从一九〇七年开始营业,据称所卖的货物是世界上最高级的,而且种类繁多。从美国国家地理学会出版的《一生的美食之旅》(*Food Journeys of a Lifetime*)中的那张照片来看,这家店简直是一个食物的宫殿,非去不可。

"不如去 GUM[2] 吧。"她建议。

咦!我差点没有把鄙视的表情显在脸上,那是人民商场呀!即刻想起早年北京、上海唯一的购物去处,那怎么能和历史悠久的 Yeliseyevsky 比?

一到 Yeliseyevsky,发现果然是气象万千。林林总总的食物摆满眼前,连方便面和云南普洱都有。可是,为什么没有什么购买欲呢?可能是因为货物给你一种放得太久、已经过期的印象。但鱼子酱和伏特加,还是高级的。

去克里姆林宫看了沙皇的衣服和兵器之后,车子停到红场前面的街上。见一座古老宏伟的建筑,一走进去,才知改装成了最时髦的商场,还有圣诞老人的表演。原来他们的圣诞老人和西方的不同,身穿蓝颜色服装,身边还有一个打扮成兔子的年轻女郎和一位中年皇后陪伴,不像西方那个那么寂寞。

原来这就是 GUM!里面卖食材的区域,才是应有尽有,货物也包装得光鲜。这里人气兴旺,更令人感觉到样样东西都好吃。我更为错怪了那个导游老女"间谍"而惭愧,人家也是拼命想把

---

1. Yeliseyevsky:叶利谢耶夫斯基超市。
2. GUM:古姆商场。

工作做好罢了。

上了车，我们经过电影学院时，大家聊起《士兵》《雁南飞》，甚至还有当年的实验电影短片《两个人》。老太太惊讶于我对他们的制作有所了解。经过文人故居时，又提到肖洛霍夫的《静静的顿河》、陀思妥耶夫斯基的《罪与罚》、帕斯捷尔纳克的《日瓦戈医生》等，老"间谍"更叫了出来："你知道得真多！"

"经典罢了，都应该读的。"我说。从此之后，我们之间的敌意消除。从她的眼光中，也看得出她因误认我只会吃而感到抱歉。

翌日，她带我们到菜市场去，这才是我真正想看的。距离莫斯科市中心二十分钟左右的车程，有好几个相同的菜市场，卖的东西大同小异，你只需选定一个，叫上朋友或自己搭车去。放心，莫斯科的治安还是相当好的，除非你是一个财物耀目的傻瓜。那种人到任何城市去，都会把窃贼和灾难引上身。

菜市场多数是圆顶的建筑，一走进里面，头上一个大圆圈，挂着照明器具。里面卖的货品，也是那么一圈圈地摆着，什么吃的都有。生活水平提高了，由乡下运来的蔬菜、水果和肉类非常新鲜，每种食材都像会微笑，等你来买。

小贩也是乡下人居多，非常亲切。如果有大量货的话，他们都会免费请你试吃。在欧洲其他地方看到的各种蔬菜，这里都有，而且价钱非常便宜。特别的是他们的泡菜摊子，有堆积如山的酸包菜和萝卜丝，各种青瓜、西红柿都腌制着，不仅好看，味道还好，试吃过的即刻进货。

肉类不乏牛、羊、鸡，还有整只的乳猪出售，兔子也多。鱼的种类也无数，较特别的是他们的烟熏鲟鱼，大大小小都有。有种龙虾，比我们吃的小，但又大过普通小龙虾，味道想来必然不错。

糖果摊中有一支支尖头的甜品，各种颜色，又有做得像一匹匹布的山楂薄片。芝士摊中的货品更令人眼花缭乱，可惜没有机会一一去试了。

走过水果摊，小贩把每一种水果都切下一块给你吃。

想起黑泽明的制片人藤本真澄，他告诉过我，苏联时期他们到莫斯科去探班，两人去一家餐厅，看菜单上有蔬菜一项，大喜，即叫。侍者即刻捧出，原来是个泡菜罐头，波的一声将菜倒在碟上。黑泽明和他看到都绝倒。

相比之下，与当今的莫斯科，已是天渊之别了。

普希金咖啡室

我们这次在莫斯科只停留三天,但是在普希金咖啡室(Café Pushkin)吃了三顿。

怎么会?听我细诉。抵达后第一晚去了国家芭蕾舞剧场餐厅(Bolshoi),客人都是看完表演后去吃的,看来品位应该很高。水平也的确不错,但食物没有给我留下印象,反而是试了俄罗斯所有最高级的伏特加,知道哪一个牌子的最好,这已很难得了。

第二天就专程去这家闻名已久的普希金咖啡室了。名叫咖啡室,它其实是家甚具规模的餐厅,一共有四层楼,地下室是衣帽间。

普希金是最受俄国人尊敬的一位作家和诗人,很年轻就和人家决斗而死。莫斯科市内有个普希金广场纪念他,餐厅以他为名,更响。

一走进去,的确古色古香。架子从二楼搭到四楼,上面全都是书,宏伟得很,墙挂古画,文艺气息非常重,给客人一种历史悠久的感觉。

侍者都是千挑万选的人才,水平和欧洲大城市的名餐厅有得[1]

---

1. 有得:粤语,后随动词,表示可能。

比。当听到我们叫了一瓶 BELUGA Gold Line 的伏特加时,他们就知道懂货的人来了,即刻搬出巨大的冰桶,里面插着被冰包围的佳酿。

接着,他们拿出一根器具,一头是个小铁锤,用它敲开了封住瓶口的冰;一头是根刷子,用来把碎冰拨开。然后一下子将樽[1]塞起了,倒出一杯浓得似糖浆的酒。这是伏特加最正宗的喝法。大家一口干了,不会被呛住,很易下喉,证明是好酒。

未试过的客人一定会被这仪式吓着,其实 BELUGA 这个牌子的伏特加也有数种级数。如果在高级超市买这瓶 Gold Line,就有这根器具奉送。俄国人也把伏特加卖到天价去了。

送酒的,当然是鱼子酱了。这里卖的当然也不便宜,但和西欧比较,价钱还是合理的,而且斤两十足,质量极高。要一客两千多块港币的,也可以吃个满足和满意。

在等菜上桌时,侍者奉上一大篮子的面包,有各种形状。掰开一看,竟然全部都有馅,野生蘑菇的、羊肉碎的、牛肉碎的、橄榄的、各种泡菜的,应有尽有。香喷喷的刚刚烤出来,单单吃这篮面包,已是美味的一餐。

汤上桌,容器是个碗,上面有个盖,碗和盖全是用面包烤出来的,里面是俄罗斯汤。当然也有俄式炒牛肉丝(beef stroganoff)、烤肉串、黄油鸡卷、俄式馄饨等等。精致一点的,有烟熏鲟鱼,用个尖形的玻璃罩子把现烤的烟封住,中间插着一棵香草,一打开,香味扑鼻。吃一块鲟鱼,是肚腩肉,肥美无比。

鹅肝酱用啫喱的方式做出,一层鹅肝、一层猪头肉、一层羊脑,

---

[1]. 樽:粤语,瓶子。

中间夹着啫喱，淋上特制的酱汁。虽然是个冷菜，但无腥味。

我一向对鸡没有什么好印象，但这里做鸡只用鸡腿的部分，外面裹上一层卑尔根和面包粒，肉蒸得软嫩，再油炸出来，吃进口，满嘴鸡肉的鲜味。

羊肉用羊肠卷起来，再拿去烧烤。牛肉不是神户的，但也那么多油和软嫩。乳猪烤得像一块块的蛋糕，拌着芥末和其他香料做的啫喱一起吃。

甜品是侍者在桌边做的火焰蛋糕，里面的馅是雪糕，又冷又热，又香又甜。

伏特加开了一瓶又一瓶，当晚酒醉饭饱，问侍者哪里可以抽烟。他用手指指着桌子："这里！一顿完美的餐宴，不以一根好雪茄结束，怎行？"

"开到几点？"我又问。

"二十四小时。"他回答。

哈哈，这下可好。酒店的自助早餐永远是花样极多，但没有一种是好吃的。翌日，我们又来到普希金咖啡室。各种英式炒蛋、煎蛋、焗蛋、水蛋当然不在话下，最难得的是午餐、晚餐的菜单，都可照点。侍者说："我们的大厨，也是二十四小时恭候的。"

当然叫了香槟和鱼子酱当早餐，店里的香槟选择不多，要了瓶白中白香槟（BLANC DE BLANCS），喝完之后，又叫来伏特加。

临走那晚，去了旅游手册和网上都在介绍的图兰朵餐厅（Turandot），那里装修得富丽堂皇，但一看菜单，竟有星洲炒面出现，即刻扔下小费逃之夭夭。好在普希金咖啡室就在旁边，又吃了一餐，而且菜式没有重复，除了伏特加。

"这家餐厅，是不是由普希金故居改建的？"友人问。

其实两者完全没有关系。大概四十多年前，有个叫吉尔贝·贝科（Gilbert Bécaud）的法国小调名歌手跑去莫斯科演出，回到法国后他写了一首叫《娜塔莉》（*Natalie*）的歌，献给他的翻译娜塔莉，歌词是："我们在莫斯科周围散步，走进红场，你告诉我列宁的革命名言，但我在想，我们快去普希金咖啡室喝热巧克力……"

这首歌脍炙人口，大家都想去莫斯科的普希金咖啡室。到了一九九九年，有个餐饮界奇才，叫安德烈·德罗斯（Andrei Dellos）的，把它创造出来。店名是虚构的，但食物将古菜谱细心重现，真材实料。

有兴趣的话，普希金咖啡室的详细资料可在网上查询（www.cafe-pushkin.ru），而《娜塔莉》这首歌，也能在视频网站中听到原版。

北极光！

中国香港人真会旅行，先是新马泰，接着到日本、韩国，再去欧洲，美国也打个转。古迹一个个走，长城就不用说了，近去吴哥窟，远至金字塔，连什么马丘比丘也到了。

当今最热门的，是去看北极光。

之前在杂志、电视的旅游节目中不断看见北极光的照片或影像资料。那一整片又绿又蓝的天幕不断变动，多么摄人心魄，非亲身观赏一下不可！

怎么去？我们这次是乘友人的私人飞机，在乌鲁木齐停一个晚上，吃吃烤全羊，再到赫尔辛基（Helsinki）加油后直飞冰岛。

从窗口望去，一片雪地，进入一个白茫茫的世界。飞机在雷克雅未克（Reykjavik）着陆。所谓首都，也不过是一个小镇，颇有圣诞老人故乡的感觉，一间间彩色的小屋，像个玩具城。我们不住西方人信任的希尔顿，在镇中一间很舒适的四星小旅店下榻。晚上就在附近的一间食家们推荐的餐厅糊里糊涂吃了一顿。来到这里，美食不是主要的目的。

第二天就搬到一家专门为了看北极光而设的酒店，周围除了雪,什么都没有。木造的建筑,简陋得很,但这已算是全国最贵、最好的了。为了看北极光,皇亲国戚都住到这里来,身上带的全是最高级的摄影器材。

当今我旅行,已以最轻便为主,拍照片全靠那个 iPhone。知道来到这里手机是不管用的,先打听一下有什么光圈最大的傻瓜机,结果是个哈苏的 Stellar,和别人的相比,有点寒酸,但我也不在意。

放下行李,到旅馆的酒吧走走。我们这三天的活动范围都在这里,喝喝酒,吃吃东西。冰岛最好的啤酒是 Gull 牌的,多喝无益,还是抱着自己带去的威士忌狂饮。

大堂里摆了一只北极熊的标本,它比我高出两三个头来,被戴上了个圣诞老人帽,样子显得不凶恶了。除此之外,还有个桌球室,再就没什么设施了,还是躲进餐厅去。

在冰岛最好吃的还是羊肉,不受污染,鲜甜软嫩,但千万要吩咐是 rare [1],一过火吃起来就老得像咬柴。奇特一点的是 puffin,一种野鸟肉,但没什么个性,也不及鸽子肉美味。

酒店经理走进来宣布:"今晚的天空清晰,看到北极光的可能性极高。各位好好休息,北极光一出现我们即刻通知大家。"

早上去看了冰川,又看喷泉,还有利用火山热气的发电厂,有点疲倦,又喝了酒,半夜也没听到什么消息,就睡到天亮。

"没那么好彩[2]的。"友人说,"上次我们去芬兰看,那边的酒店很好,有个天窗,可以躺着看,但睡了三晚,也没看到。"

---

1. rare:英语,一分熟。
2. 好彩:粤语,幸运。

第二晚,不喝酒了,早点回房。到了半夜,果然有报告:"出现了,出现了!"

兴奋到极点。谁说很难得?我们只等了一个晚上就能看到,运气真好!赶紧起身穿衣服。这次有备而来,在大阪的西川买了一身vicuña[1]的底衫、底裤,比什么羽绒还管用,手忙脚乱地穿上。

打开落地窗走出阳台,哪里有什么北极光?

看了老半天,原来远处的天边有些白白的光线,只听到其他住客噼噼啪啪地按着快门的声音,大家捧着笨重的三脚架乱拍一通。

一下子,那还小小的白光也消失了。哦唔,只听到众人妈妈声的粗口。我没那么好气[2],脱了衣服回床睡觉。

今晚,也是最后的机会了。全球暖化,北极光或许再也不出现了呢?

"很有可能!很有可能!"酒店经理又宣布,"今晚又没有

---

1. vicuña:英语,骆马,骆马绒。
2. 好气:粤语,啰唆。

月亮!各位都知道,月圆的晚上北极光是不会出现的,请各位耐心等待!"

唉,干脆不睡了,一面喝酒一面和你拼个老命!

一片欢呼声!有了上一次的经验,这次已把穿衣服的次序搞清楚,从容地一件件套上,走出去看。

天上像黎明一样发光,左一片、右一片的白光飘来飘去,北极光大放光明。

但是,哪来的绿色?哪来的蓝色?不过是一片白的。也用了我的傻瓜机拍下,翻看刚才的白光,才看到蓝色。原来,北极光的蓝光,肉眼是看不到的,要经过镜头的折射,才有变化。

一切,都是骗人的!

可是经过那山长水远,花那么多的气力去看,他们回来后当然不会告诉你:"原来北极光是白色的!"大家都说美不胜收,是人生必看的经历,不来到后悔终生!漂亮呀,漂亮呀!

和不丹一样,那里的人民其实并不像传说中那么幸福,风光也并不如传说中那么美好。

苏美璐在电邮中问我看北极光的感受,我老实回答了,她说:"我在北极圈中住了十几年,也没有看到什么值得大惊小怪的现象。"

这就是北极光了![1]

---

1. 极光是来自地球磁层或太阳的高能带电粒子注入极区高层大气时,撞击原子和分子而激发的绚丽多彩的发光现象。本文中作者的点评来自其个人体验,仅代表其个人观点。

柏林之旅

西欧诸国,我去得最少的是德意志。除了大学之府海德堡在夏天有《学生王子》的歌剧之外,别的都引不起我的兴趣。不过乘这次冰岛之旅,顺道经过,在柏林住了三天。

对柏林的印象,来自克里斯托弗·伊舍伍德(Christopher Isherwood)的《柏林故事集》(*The Berlin Stories*),那也已是战前的故事。现代的柏林,最值得看的,当然是围墙了,我们到达之后就往那里跑。

我们的导游是位知识分子,他说当年围墙倒下,他是参与者之一,姑且听之。站在已经被敲得只剩下一小片的墙边,不禁唏嘘。

原来,墙是那么薄的,只有一本大城市电话簿的厚度!之前以为戒备森严,一定是铜墙铁壁,哪知道一下子便被推倒。

在当年的闸口处,摆放着很多张民众起义的照片,导游指着其中之一,说:"这就是我!"

最意想不到的是我也遇到了一个老朋友,但这个老朋友不是人,是一辆车。

在一个高台上摆着一辆汽车,像个盒子。天下再也找不到那么难看的怪物,也是因为它过于丑,我才会记得。

一九八五年,我去前南斯拉夫拍《龙兄虎弟》,乘空当,跑去匈牙利找申相玉,没有见到。在老友黄寿森的介绍之下,认识了年轻的画家安东·蒙纳。第一次见面,他驾了他父亲的车,和眼前这辆一样的特拉贝特(Trabant)车,它被昵称为Trabi。我们乘着它游了整个匈牙利。

别小看它,它可是东德的象征。在物资缺乏的年代中,要买一辆这个车得等到老为止,所以一到手,大家都会很珍惜,一有毛病即刻维修。又因为机件和构造都简单,通常这辆车可以用上二十八年左右。二手车要比刚上市的更贵,卖到其他国家,更是被当为宝。

城墙瓦解后,德国人更看重Trabi,组织了什么俱乐部、非洲旅行团等等,更有它专用的博物馆。人们把车子漆得五颜六色,或者学美国人的豪华车改装成一部很长的轿车。

很高兴这位老朋友没有死去,成为了经典,可以永存不朽。

看了一眼城墙后,就应该走了,这段历史还是不愉快的。不如去看博物馆吧。如果你对古物有兴趣,那么你来对了地方。柏林的博物馆多得成群,建于海岸另一处,那里被称为"博物馆岛"。

柏林的博物馆怎么看都看不完,来者必得有明确的目的。而我最想看的是一个头像,是三千三百多年前的埃及皇妃奈费尔提蒂的,也保存得最为完整。

"奈费尔提蒂"在埃及语中是天女下凡的意思,当今看来她还是美丽得令人不能置信。如果你认为蒙娜丽莎是最美的,那么你应该来柏林的博物馆看看奈费尔提蒂。

她的头像摆在博物馆岛的新博物馆（Neues Museum）中。除了她，在那里还可以看到一个古希腊式广场，十分宏伟。我们坐在那石阶上发怀古之幽思，倒是一桩雅事。

再走进去，可以看到一座城墙，全是用蓝色的彩砖一块块砌出来的。这只是一小部分，从整个建筑的模型看来，当年走进来的人应该都看呆了。

艺术气息不能医肚，从博物馆出来，就到 KaDeWe 去。未到柏林，也已没有人不知道 KaDeWe。KaDeWe 是 Kaufhaus des Westens 的简称，西方百货公司的意思。

说是百货，其实它万货齐备，坐落于一座古老的建筑物中。它的老店于第二次世界大战时遭到破坏，还有一架美国轰炸机在它的顶楼爆炸，差点将它夷为平地。新店在一九五〇年才重建，是柏林重要的地标之一。

我们对购物并无兴趣，最想看的是它位于六楼的食物部。《一生的美食之旅》那本书介绍，世上最佳的食物宫殿，第一名是莫斯科的 Yeliseyevsky，第二名就轮到柏林的 KaDeWe 了。

KaDeWe 到底有多大？加上七楼大餐厅，有两个足球场那么大！里面食物应有尽有。各个角落都设有著名啤酒厂的酒吧兼小食部，爱好者围着它要一大杯啤酒，再到各处去寻找自己喜欢的香肠来下酒。德国人最好啤酒，种类多不胜数。

我们在每一个酒吧都停下，叫一杯试试。香肠已经吃到不能再吃了，这次去找芝士来填填胃。

找到了芝士种类最多的档口[1]，售货女郎表情有点高傲，朋友

---

1. 档口：粤语，摊子。

和我问有没有某一种的。她听了,知道识货的来了,态度即刻转佳。我们要了五六样后,干脆问她:"那你自己呢,喜欢什么?"

她切了一块让我们试,乖乖不得了,这是我们吃过的最美味的芝士之一。即刻问明出处,是块 BEPPINO OCCELLI。这块芝士储藏了十二个月,用威士忌洗濯,颜色带点粉红,是仙人的食物!作为德国人,她不介绍自己国家的芝士,反而介绍意大利货,是位值得尊重的食家,脱了帽子向她敬一个礼。

部队火锅

在韩国,卖得比可口可乐和肯德基更厉害的,是午餐肉(spam)。

spam 为美国公司 Hormel Foods(荷美尔)在一九三七年发明的罐头食品,英文名由 spiced ham(香味火腿)简写而来,也有人说是 shoulders of pork and ham(猪肩肉和火腿)的简写。

朝鲜战争之后,大批美军入驻韩国,带来了他们的军粮,其中少不了这一种长方体形状的猪肉罐头,美军也常将它拿去在黑市中交换些当地东西。饱受战火摧残的韩国老百姓少尝肉类,视之为宝。小说家安定孝在他的《银马》一书中也描述过:"……我希望今晚可以在附近地方拾到肉类吃,你还记得上一次我拾到的罐头里面有什么吗?我记得那是午餐肉,拿回家后我妈妈把它和其他可吃的东西混在一起,弄出一个汤,像猪吃的东西一样,但非常美味……"

几十年前我初到韩国,友人在家做菜请我,记得也是这种午餐肉。今天为了写这篇东西,特地跑到他们的超级市场,看到架子上面摆满了午餐肉,其他牌子的应有尽有,但还是 SPAM 牌的最受欢迎。

当今SPAM这牌子被CJ集团收购,在韩国大量生产。过年过节人们用它来送礼,几个罐头装成一篮,已变成风俗。一个中秋,就卖出去八百万罐之多。

韩国人发奋图强,在经济起飞后对午餐肉仍念念不忘,用它来做出种种菜式,包括压碎后和黄瓜一起包成的紫菜卷等等,大受欢迎。

"韩流"袭港,城中韩国餐厅到处可见,年轻人最爱《来自星星的你》中出现的炸鸡和啤酒,但还有一种必吃的,就是部队火锅!

每个韩国男人都要当兵,他们要吃又能充饥又有营养的东西,部队火锅就出现了。是什么呢?基本上就是把午餐肉切成方块,和泡菜一起煮成一锅汤,加方便面和年糕进去,吃了不饱也不行。

在香港吃到的已是很精致的了,除了以上配料,还加了芝士、高丽菜、方便面和年糕之类,更有人把白饭倒入吃剩的汤中,煮成一锅粥。

此回来到首尔,山珍海味当然享受过,也非去找最便宜的部队火锅不可,地点是梨泰院。那一带是美军驻扎之地,从前军人把配备的军粮放在一个长方体铁箱中,里面有spam、香肠、巧克力和吃了会发胀的饼干。其他地区的部队火锅最初没放香肠,加香肠的做法据说是在梨泰院兴起的。

最正宗也是最原始的一家老店,据说为了要显出自己的高级,所以用了美国总统Johnson的名字,不叫"部队火锅",只称"尊

生锅"。[1]

这家店位于梨泰院的一条小巷之中。这一带酒吧林立，是首尔的兰桂坊，晚上挤满年轻人，慕名而来的客人不少。店很小，可摆十几张桌子，要脱了鞋子进入，席地而坐。

墙上挂着的菜单全是韩文，外国人可以看图片点菜。菜的品种极少，只有最出名的尊生锅，以及火鸡肠、牛肉肠、红烧猪肉、牛排等几种而已。

同行的友人不吃牛，只好先叫了火鸡肠。我对鸡肉本就一点好感也没有，更别说枯燥无味的火鸡了。上桌一看，一根肠切成一段段的，有十几块之多。

勉强吃进口，咦，味道奇佳，还有肉香，不知道是不是混了其他肉，只知是好吃极了。也许是肚子饿的缘故吧？这是下酒菜，

---

[1] Johnson 通译约翰逊，香港译作"尊生"。

叫一壶我爱喝的土炮[1]MAKKARI吧。

什么？没有？侍者说："我们这里只卖啤酒！"

啤酒就啤酒吧。从前爱喝的老牌子OB完全见不到了，当今它改名为Cass，味淡，但总好过喝可乐。

红烧猪肉接着，加了很多芡粉，煮得一塌糊涂，看不出肉的部位，像是把猪排切成一块块的，下了很多莫名其妙的酱汁炮制出来的。吃进口，酸酸甜甜，想选一块肥一点的也难。

这时主角登场。尊生锅是用一个铁锅上桌的，下面不生火。锅大，但料少。用筷子拨开铺在上面的葱，可见切成方块的午餐肉，还有火鸡肠、芝士、年糕片和泡菜，仅此而已，汤汁也少得可怜。

因为没有生火，不能煮方便面，也就只有那么干瘪瘪地吃了。出名的尊生锅，不过如此。

担心不饱，回到酒店又得叫消夜，就再来一碗白饭吧，用锅中的汤淋之。咦，怎么那么美味？再用汤匙舀一口汤喝，鲜甜呀！这是什么道理？午餐肉和香肠、泡菜，是煲不出来的呀！

啤酒喝多了，去洗手间。洗手间韩国人叫为"化妆室"，用中文念起来发音也相同，一问人家就知道。经过厨房，看见一堆牛骨头放在水中解冻，才知道有妙诀，原来汤是用那么多骨头连骨髓熬出来的。

虽然不错，但如果想试部队火锅的话，还是别吃那么正宗的，吃那种又加方便面又加饭煲粥的改良版本较佳。

---

1. 土炮，粤语，粤西一带俗指农家用纯米自酿的米酒，一般度数较高、口感醇烈、后劲大。

秘鲁之旅

从香港赤鱲角机场,乘半夜起飞的阿联酋航空到迪拜,要八小时。睡一睡,看部电影,也就抵达,并不觉辛苦。

在迪拜的候机楼无聊,发了一张照片,照的是二楼整层,大沙发中间的每张桌子上都有一个巨型的烟灰缸。我在微博上写道:"是一种福利。"

马上有网友看完了问:"福利在哪里?"

当今到处都禁烟,机场中就算有个吸烟室,也小得似牢房,哪有这么大的空间,让烟民们优雅地抽个饱,不必有偷偷摸摸的感觉?

四小时的候机时间过了,再乘阿联酋航空飞十六小时到巴西圣保罗。圣保罗的机场商店到处有足球纪念品售卖,但因巴西队最近输了比赛,穿巴西队 T 恤并非光彩事,所以这些纪念品也无人问津。

这次的三小时等待显得非常冗长,只有吞一粒安眠药,减轻痛苦。

终于,在清晨两点钟到达最终目的地——秘鲁的首都利马。当地也有美国大集团开的旅馆,但我们选了颇有风格的 Miraflores Hotel。

在巴塞罗那住过一年,所以我略懂西班牙语。mira 是"看"的意思,西班牙人遇到名胜,都向我说"Mira! Mira!",所以我知道意思。至于 flores,则是花。两个词加起来,Miraflores 这一区我叫为"观花之地"。Miraflores 是利马的高级住宅区,临海,筑于悬崖上面,云飘到此,被悬崖挡住,这里常年灰灰暗暗。当地人乐观,说这种天气之下生长的鱼特别肥美,但我们在餐厅吃了,不觉鲜甜。

睡了一夜,翌日到市集去买纪念品。发觉秘鲁人是十分爱干净的,岩石地板被擦洗得光亮,人们在大街小巷也不乱丢垃圾。

市集中有各种手织物,用羊驼毛(alpaca)织成的最为常见。如果说到珍贵,则数一种英文叫 vicuña 的骆马毛了。它直径十二微米左右,是有多细呢?人的头发,普通的,直径是六十到九十微米。天下最微细的是藏羚羊的毛,但已被全球禁止使用,它的纺织品如果被海关发现,就要没收。当今合法贩卖的珍贵的毛,唯有被称为"神之纤维"(fibre of the Gods)的 vicuña 了。

这种骆马也受到秘鲁政府保护,不过它的毛不采集的话也会自然脱落,所以秘鲁人每年一次,举行一个叫 Chaccu 的祭典。一群穿着五颜六色衣服的村民,饮酒作乐,载歌载舞地走近野生的 vicuña 群,由大圆圈收缩到小圆圈,不让动物受惊。接触之后,村民拿出大把[1]古柯叶子给它们吃,此叶有镇静作用,最后才把毛剪下。

vicuña 的毛有长有短,腹部的最长,寒冷时它们会用长毛来

---

1. 大把:粤语,很多,有的是。

盖住自己的身体。但纺织最高级衣服，则是用它们颈部的细毛，秘鲁人将其剪下后寄到意大利的诺悠翩雅（Loro Piana）公司去加工。这家厂做好衣服之后再把部分的毛寄回给秘鲁。它是有历史的纺织公司，也懂得欣赏最好的品牌，很久之前发现秘鲁有vicuña后，就大力资助秘鲁政府开发，功劳也不浅。当今在秘鲁之外，vicuña制品就只有从Loro Piana能买到，还有一小部分分销给日本的西川公司。

在"观花之地"的悬崖边，有一地下商场，其中一家叫Awana Kancha的店中就有vicuña围巾卖，售价是Loro Piana的三分之一。

在商场中也能找到专卖巴拿马草帽的店铺。巴拿马草帽只是个名称，实物产于厄瓜多尔。秘鲁离厄瓜多尔近，草帽卖得也便宜，比起意大利的名帽公司博尔萨利诺（Borsalino）的，价格简直令人偷笑。

至于食物，当今许多名食家对秘鲁的美食十分赞扬，我们也抱着期待，午餐去当地最出名的食肆之一，叫作Panchita的。

见周围桌子的客人都叫了一杯深紫色的饮品，当然拉着侍者指他一指，对方会意。过了一会儿，饮品上桌，试了一口，鲜甜得很，口感也不错，名叫purple corn。问是用什么做的。侍者解释了半天，又拿出一根玉米来试，全紫色的。我拨一粒来试，像糯米。这种饮料除了紫玉米，还加了橙汁和糖，很好喝，去了秘鲁可别错过。

秘鲁的食物大致上是以烧烤为主，和巴西、阿根廷的一样，南美洲各国的都很相似。另有以番薯和猪肉为馅，用香蕉叶包裹后烤出来的粽子。叫的鸡，点黄色酱，像咖喱，但绝无咖喱味，用的是蛋黄酱，并不特别。

汤也有像红咖喱的，里面有牛肉粒，分量极大。当地人叫这一道汤，已是一顿午餐。

烧烤上桌，味道和口感普通，较为好吃的是烤牛肚。它的特别之处在于食器，是一个有双手柄的铁锅，里面摆着燃烧的炭；锅上有铁碟，肉类放在上面不会冷掉。

晚上又去一家叫 LA BONBONNIERE 的名餐厅。这家的菜各国食家举起拇指推荐，但我们吃来，都觉得甚为粗糙，绝对称不上有什么惊艳的。

翌日一早，赶到机场。这次旅行主要的目的是去看世界新七大奇迹之一、有"空中之城"之称的马丘比丘。从利马得乘两个小时飞机，才到库斯科（Cuzco）。它位于海拔三千多米的高原，但有了游中国西藏、九寨沟和不丹的经验，高山症难不倒我。

飞库斯科的客机很小，一律经济舱，舱内挤满了客人。当然也不至于像电影中那样，客人带鸡带鸭入座。这条航线是由当地最大的航空公司——LAN 经营的，他们买的飞机并不残旧，但因为高山气流，一路摇摇晃晃，令人非常难受。好在只是三个小时，怎么忍也得忍下去。

一下机，脚像站不稳。虽说不怕高山症，但是否还是有点反应？

口很渴，见关闸内有一小店，卖古柯。西谚说，到了罗马，就做罗马人的事。有古柯喝，当然要试试了。档口有一个大塑料袋，装满了晒干的古柯叶。给个两块美金，就可以任意抓一把，放进杯中。小贩为我加满热水，叮咛："要等到叶子变成黄色，才好喝。"

拿着那杯古柯叶水，心急地等待。颜色刚一变，就喝进口，没有什么味道。当地人说喝古柯叶水可以医治高山症，又能使人不会疲倦，肚子也不会饿，拿它当宝。

对于我这种抽惯雪茄、喝惯浓茶的"老枪",这个水一点作用也没有。或许是要生吃叶子才有效?就再抓一把古柯叶放进嘴里细嚼,有点苦,像吃茶叶,但绝对不像他们说的那么神奇。当今,秘鲁商人已经把叶子做成茶包,方便售卖。这么一来,更无神秘色彩了。

库斯科是印加帝国的首都,全盛时期遍地黄金,被西班牙人侵略后抢劫一空。异族带来的病菌杀光了所有印加人,整个古文化也跟着消失,这是历史上最大的悲剧之一。当今这个古城虽不至于全是废墟,但绝对称不上是一个繁荣的地方。

一般去马丘比丘的人,多数由库斯科直接上山。但我们优哉游哉,先沿着山路,到了一个叫"神圣山谷"(Sacred Valley)的地方。

还真难想象在深山之中,三千多米高的地方还有那么大的一条河流。河两边长满大树和各种奇花异草,加上那美得杀死人的蓝色天空,在雪山包围之下,这里简直是一个仙境。

这里有家叫 Rio Sagrado 的酒店,名字照字面翻译,是"圣河"。它由 Belmond 集团经营,原本为东方快车组织的一分子,当今分了出来。好在东方快车铁路还是保持原名,不然这个优雅年代的名字,就要从此消失。

一间间的木屋依山而筑,里面设备齐全、布置高雅。经长途跋涉后,我们好好地睡了一个午觉。黄昏醒来,夕阳映照在河中。河边一大片的草原上,养着三只骆马,供客人欣赏。

身上挂满当地织物和纪念品的妇人,简直是一间活动杂货店。大家都向她们购物,发现她们不会心算,更不用计算器,多少美金叽咕了老半天说不清楚。我们旅行,一向是预备好现金换成当地货币，对方说多少给多少，懒得去和贫苦的老人拼命讨价还价了。

买了一件披肩。怎么选的？那么多对象之中，选最抢眼的，一定错不了。这是买领带时得到的智慧。我这件颜色鲜艳、七彩缤纷的披肩，给单调的环境增加了变化。黄昏时天气已较凉，它也是御寒的恩物。

散步完毕就在酒店吃饭。这集团的餐厅都有点水平，吃不惯当地食物的话可以叫意大利餐。我为了安眠，没有吃太饱。

翌日被饥饿唤醒。早餐甚为丰富，有各种水果供选择。看到五颜六色的热情果，也忍不住伸手拿了一个。这种东西打开之后里面有像青蛙卵般的种子，一向是把人酸得阿妈都认不得。但很奇怪，秘鲁的热情果甜到极点，今后有机会大家一试就会同意我的说法。

另外，印象最深的是一大盘白色的小米。它前面有片纸上用小字写着quinua，这是当地名，英文作quinoa，中文是"藜麦"。一路上我们看到公路的旁边，都种满这种植物。它是秘鲁人的主食，但在别的地方没人注意。

直到美国航天员将其带到太空去吃，这才一鸣惊人。为什么？原来这是一种全蛋白食品，所含氨基酸种类丰富，而且脂肪含量较低。换句话说，食藜麦只有好处，食不肥的。

给健康人士知道了，藜麦就成了宝。秘鲁乡下佬日常吃的东西，卖到超级市场，五百克就要港币一百元。中国内地自己种，目前产量低，五百克也要卖七十块人民币了。

最重要的是，好吃吗？酒店供应的已经蒸熟后晒干，加上牛奶就能当麦片吃。口感呢？一粒粒细嚼，不像白饭或小米那么黏糊。味道呢？也许健康人士说很香，我并不觉有何美味，吃得进口而已。

但是愈吃愈感兴趣,在鸡汤中放,当成面或炒饭都行,这是此行最大的发现。

饭后大家到周围去看古迹。我说最大的古迹是马丘比丘,于是就留在房间内写稿,疲倦了四处走走,吸一些"仙气"。

住了两个晚上之后,就出发到火车站。看到一节节全身漆成蓝色的车厢,走的是东方快车仅存的一部分线路。乘这趟车也是上马丘比丘最豪华的走法。

火车维持当年的优雅,座位宽大舒服,从窗口和天窗可以看一路的雪山,车尾有个露天的瞭望台,要抽烟也行。餐车最为高级,白餐巾、银食器,红白餐酒任意饮用,食物则不敢领教。

山路上有众多背包旅行者,这是出名的印加路线,要走四天才上得了山。也有高级的路线,途中设营帐,供应伙食和温水冲凉。趁年轻去吧,我这种老家伙还是乘坐东方快车较妙。

两三小时后到达马丘比丘的山脚,四处有购物区,但大家已心急爬上去看,要等回程时再买。

这时才发现游客真多,很久以前的调查是每年有四十万,现在不止。好在我们有先见之明,订了一辆私人小巴士,不必排队,即刻上车。

这条山路可真够呛,回字夹般弯弯曲曲。你那边看到一落千丈的悬崖,我这边却看起来较为平坦。路不平,司机拼了老命疯狂飞车,害怕的人是吃不消的。但我们经历过不丹的山路,就不担心了。导游说他们一天来回几十次,从来没有发生过事故。

四十分钟之后终于到达山顶,看到其他车上的游客,有些一下车就作呕。

山顶也挤满了人。这里的唯一一家旅馆,也是 Belmond 集团经营的，甚为简陋，但我们也得在半年前预订，才可以住上两晚。

旅馆门口有几棵曼陀罗树，开满了下垂的花朵。此花我在倪匡兄旧金山的老家看过，说是有毒。进了门，有两间餐厅。旅馆门口这边的较为高级，另一头的相对大众化，有自助餐供应。两间餐厅都挤满了人。整间旅馆只有三十一个小房间，我们的房间有阳台，还不错。

放下行李，心急地往闸口走。又是长龙，门票也不便宜，导游带我们直接走进去，省了不少时间。这次由好友廖太太安排，一切是最好的。她还细心地请了两个导游，年轻人由其中一个带头，可以直接前进；另一个留着给我这个老家伙，慢慢爬山，要花多少时间都行。

上了几个山坡，马丘比丘的古城就在眼前了。第一次看，不得不说它非常壮观。在这深山野岭，有这么一个规模巨大的部落，是凡人不能想象的，景观令人震撼。

这就是漫画中形容的"天空之城"了。所谓世界新七大奇迹之一，只是一堆废墟，另有数不完的梯田。很高吗？也没有。它只有海拔两千多米，还低过刚抵达的库斯科城。古老吗？也不是。马丘比丘建于十五世纪中期，是我们的明朝年间，由印加王国权力最大的帕查库特克（Pachacuti）国王兴建。西班牙人入侵后带来的天花，毁灭了整个民族，马丘比丘也跟着荒废，直到一九一一年才被美国人海勒姆·宾厄姆（Hiram Bingham）"发现"。其实，山中农民早就知道有那么一个地方，太高了，不去爬罢了。

老远来这一趟，还得仔细看。导游细心地指出西边居住区、拴日石、太阳神庙、三窗之屋等等。慢慢地又走又爬，并不觉得辛苦。

进口处只是一个小石门,并不宏伟,但从石头的铺排,可以看出印加文化中建筑的智慧。几百斤到上吨的石头,怎么搬得上去?一块块堆积,计算得天衣无缝,一定是外星人来教导的。

"'马丘比丘'(Machu Picchu)这个名字是什么意思?"我问导游。

回答:"一般人以为一定有什么神秘的意义,其实在我们的语言里,不过是指一个很古老的山罢了。"

"这里住过多少人?"

"根据住宅的面积,最多是七百五十个。"

"用来祭神的?有没有杀活人?"

"历史都是血淋淋的。"

"那么为什么什么地方都不选,非要在这个高山上建筑不可?"我最后一个问题。

"传说纷纭,没有一个得到证实。"他老实地回答。

我自己有一套理论:一般的印加人都要到高山上去住,那是因为他们受过河流泛滥的天灾之苦,觉得愈高愈安全。道理就那么简单。到了库斯科,又一路观察到建筑都在高处,也许我没有说错。

第二天又要爬山去看日出,但乌云满天,唯有作罢。在旅馆中静养,感受天地之灵。到了深夜,走出阳台,看到的满天星斗给人的印象深过这个古迹。想起东坡禅诗:"庐山烟雨浙江潮,未至千般恨不消。到得还来别无事,庐山烟雨浙江潮。"

下山时,又是大排长龙。遇到三位中国香港青年,它们不乘飞机,是走路或乘车来的,真佩服他们。本来包了车,可以送他们一趟,但有些等得暴躁的美国八婆,见我们的车子有空位,想挤进来，司机不理会。她们不明白"有钱老爷炕上坐"的道理，拼命拍打车门，我们也就急着走了。

到了车站，再乘数小时火车，终于到达库斯科的旅馆 Palacio Nazarenas，这个美轮美奂的酒店令我们有又回到文明世界的感觉。

库斯科的 Palacio Nazarenas 酒店位于市中心，一走出来四通八达。深夜抵达，非常疲倦，没有仔细看就走进房，见有四柱的大床，干净得不得了。浴室也有一间房那么大，中间摆着一个白瓷的浴缸。地板是通电加热的，不感冰冷。浸个舒服的澡，倒头一睡。咦，为什么感觉不到在海拔三千多米的库斯科该有的高山症？

醒来才知道，通气口输送出来的不是冷风，而是氧气。这家酒店真正什么都为客人着想。

肚子饿，去吃早餐。经过高楼顶的长廊，古壁画还有部分保留着，中庭种的迷迭香传来诱人的气息，食欲大增，急步走到餐厅。

蔚蓝色的天空，衬着更蓝的池水，池边传来的音乐，是位当地有名的竖琴家演奏的。整家酒店也只有五十五间套房，客人不多，食物是这段旅行中最丰盛的。

医了肚，步行回房，经过一处，探头一看，原来是个私家教堂，里面挂满歌颂上帝的油画。其中的天使肥肥胖胖，双颊透红，是在哪里见过？在博特罗（Botero）的画中。这位哥伦比亚画家无疑到过秘鲁，灵感由此而来吧？

回房，打开很小的窗户，阳光直射。小小的书桌上摆着从花园中采来的鲜花，我一一挪开。别人外出购物，我独自留下写稿。在这么优美的环境下不创作，多可惜。

外出散步，到处是用鹅卵石铺的街道。长长的狭巷，周围小屋依山而建，是平民住的，和香港的完全不同。到当地的教堂走了一圈，金碧辉煌。真金被西班牙人掠走，贴上的金箔留下，还剩许多许多。

修道院的地板像擦亮的皮鞋，有些乡下来的小孩在上面打滚，赖着不肯回家。

午餐就在地道餐厅解决。之前经过小贩摊，见一箩箩比胖子脸还大的面包。买了一个，港币五元，懒人可以穿个洞套在颈上，吃个三天。

到一家叫Los Mundialistas的餐厅。当地的食物变化不大，通常是炸猪皮、烤猪和玉米煮的汤。这里的玉米一粒有普通的五倍大，但不甜。玉米汤黄黄的，有颗大灯笼椒。当地人就靠这个吃饱，真没有想象中那么美味。鸡汤中放了很多的藜麦，尚可口。

走到当地的菜市，咦，怎么想起越南胡志明市的槟城菜市？这里外面卖菜、卖肉，里面是小食档。

香肠有胖子手臂那么粗，到处看到猪头、牛头。人穷了，当然不会扔掉任何东西，也由此产生食物文化。

面包档更多，各种花纹的面包都大得不得了，有些还撒上芝麻。白色衣服的妇女坐在店里，也不向客人兜售，客人要买就来买吧。

还有各种蘑菇，我问导游有没有吃了会产生幻觉的。她大力摇头，好像遇到了瘾君子，但还是很同情地说："古柯叶子大把，你要不要试试？"

我没兴趣。看到一大堆一大堆黄颜色的卵状的海鲜，大概是这里的鱼子酱吧？没机会试了。中间还有葡萄般大的绿色的水晶体，是什么？不怕脏，还是抓了一粒送进口，波的一声爆发，的确像鱼子，但是素的，一种海藻罢了。进口做成斋菜，也是个想头。

到处卖着鲜花，问价，便宜得令人偷笑。住在这里，每天大把地送花给各个女友，也穷不了。

晚上，去酒店隔壁的餐厅MAP。MAP开在博物馆的中庭，为了不破坏博物馆的气氛，整间餐厅四面都是玻璃，像一个巨大的货柜箱。没有墙壁，也不搞装修，这里唯一的装饰是在进口处点着一大排的粗蜡烛，已经够了。我非常欣赏这个设计，食物就一般，回房啃剩的大面包更好。餐厅的菜虽然不合胃口，但那是我的事，别人吃得津津有味。可是那是西餐呀，到了秘鲁，还是应该吃烧猪汤、鸡汤和藜麦，再加上一杯紫色的浓郁的玉米汁。

当地做的cusquena啤酒味道比德国啤酒浓，但我喜欢的是这家厂的黑啤酒，每次一坐下来，就向侍者说："给我一瓶黑啤。（Cerveza negra, por favor.）"其他国家叫啤酒，通称beer，只有西班牙人的叫法不同。

经过几小时飞行，回到利马。当地正在选市长，很多路都给宣传队伍封住了，兜个老半天才回到悬崖上的Miraflores，它也是Belmond集团经营的。

"今天吃些什么呢？"大家对当地食物有点厌倦，第一个想去的就是中餐厅。

我们说不如到超级市场买些罐头来野餐吧。这里中国人开的连锁超市叫"王氏"（Wong's），由一家杂货店做起，变成集团，连锁店到处可见。可惜近来卖给了乌拉圭人，不知行不行，还是中菜馆较为妥当。

中国菜在秘鲁被称为Chifa，不言而喻，就是"吃饭"的音译。最后大家还是到世界名食家都推荐的Amaz，那里东西可口，但受中国影响颇深，都是煎煎炒炒。原来食家们没试过Chifa，就惊为天物了。

吃罢，明天再到阿根廷去。

阿根廷之旅

这次是从秘鲁的利马来到阿根廷的,比从中国香港出发轻松多了。

抵达后先在阿根廷首都布宜诺斯艾利斯停一晚,入住当地最好的四季酒店。那里偏离市中心一点,交通也算方便。对阿根廷的第一个印象是从酒店浴室里的照片得来的,黑白的影像是俯拍的一对跳探戈的男女。探戈,是阿根廷的灵魂,但不像墨西哥城的那么欢乐。布宜诺斯艾利斯这个城市,是保守的,是深沉的。

它的大道真的很大,往返各十条车道。这里名为"小巴黎",可是灯光幽暗,没有夜都会的灿烂和浪漫,守旧得很。

第一件事当然是往酒店的餐厅钻。据西方人称,这里的烤牛肉是天下最好的,非尝不可。

菜的分量的确是全世界最大。作为主角的牛排还没有上桌之前,面包、小吃、沙拉等,已填满了客人的肚子。牛排上桌,月饼盒般大,烤出来香喷喷的。侍者也从来不问你要几成熟,总之是 well done[1]。

---

1. well done:英语,全熟。

之前我想点鞑靼牛排,侍者好像听到野蛮人的要求,拼命摇头:"我们这里不流行吃生的!"

全熟牛排咬了一口,硬呀,硬!

怪不得壁上挂满锋利的餐刀,吃时得锯呀锯。

一定很有肉味吧?也不然,一般罢了。但是这是全城最好的,也是最贵的呀!上帝,请饶恕我这个无知的人。我还是觉得要吃肉味的话,纽约人的 dry aged [1] 牛排的肉味才够;要是吃软嫩的,那么欣赏和牛吧!但是,有很多人说:"日本牛虽然入口即化,但一点牛肉味也没有!"

这回轮到上帝要饶恕他们,他们没有吃过最好的三田牛,那种独特的牛肉味无法描述,好比是不能与夏虫语冰的。我说这种话完全是出于亲身体验,一点偏见也没有。

---

1. dry aged:英语,干式熟成。

在整个阿根廷的旅行中，都是吃烤牛肉，一餐复一餐，既去过当地最好、外国老饕赞完又赞的餐厅，也到过当地最平民化的食肆，没有一间是满意的。

也许是选的部位不对吧？我们叫过肉眼，叫过肋骨，叫过面颊。好友廖先生刁钻，说要沙梨笃！什么是沙梨笃？一般食客也不懂，莫说阿根廷人了。只有向他们示范，拍拍屁股。哦！领会了，是屁股肉。烤了出来，同样是那么硬、那么乏味。

第二晚，又去了另一家著名的烤肉店，餐厅墙上挂满足球名将的T恤，柜子里也都是有关足球的纪念品。这家叫LA BRIGADA的餐厅好难订到位子，好在我们很早来到。所谓早，也已是晚上七点半，原来他们的习惯是十点之前就算早。

先要了当地最好又最贵的红酒——D.V. CATENA 和 CATENA ZAPATA。它们都产自马尔贝克（Malbec）区，喝了一口，不错不错，很浓，有点像匈牙利的牛血（Bull's Blood），但总比不上法国佳酿。

值得一提的是侍者开酒的方法。他们把封住瓶口的那层铁箔用刀子仔细地剔成一个小圈子，先把樽塞套住，让客人闻一闻，再让客人知道喝的是什么牌子的酒。

餐厅领班前来。他穿着一套笔挺的黑色西装，头发全白，态度严肃，一副非常权威的架势。像武侠片中一样，嗖的一声，他拔出来的是插在腰间的叉和匙。

咦，怎么不是刀，而是匙？

大块肉，各种部位的肉，烤得熟透了上桌。领班大展身手，用很纯熟的手法把各种肉一块一块地劏[1]开,分别放在我们面前的盘上。

邻桌的美国游客看了也拍烂手。我在领班走开时,将他那根汤匙用手指一摸,原来是磨得比剃须刀更锋利的器具。

对阿根廷印象不好吗?不是,不是。

最欣赏的,是他们喝的马黛茶(maté)了。

把小葫芦的底部挖空了当壶,有的镶银、镶铜。再把小壶填满了干 yerba,yerba 翻成中文是冬青叶,但不知和中国的冬青有没有关系。这时,就可以注入热水。注意,只是热水,不能是沸水!最后,插上一根叫 bombilla 的吸管。别小看这根吸管,它是很讲究的,管底有一个个的小洞,用来隔着叶子的粉末。这管子贵起来也要卖好几千块港币。

这时可以吸了,我是最勇于尝试的人。味道呢?又苦又涩。别人怎么想不知,我自己是很喜欢的。

对了,这和我们喝茶一样。我们看阿根廷人吸马黛茶古怪,他们看我们喝工夫茶也古怪;我们喝了茶上瘾,他们也不可一日无此君了。

他们身带热水壶,不断地冲,不断地吸,自己吸完之后有时也给第二个人,都是同一根吸管。中国人看了吓到脸青,有传染病怎么办?阿根廷人从不考虑这些,如果他们把马黛茶递给了你,而你露出怕怕、不敢吸的表情,那么你永远和他们做不了朋友,你是他们永远的敌人。

带着吃烤牛肉和吸马黛茶的经验,我们开始了在阿根廷的旅行。

布宜诺斯艾利斯的西班牙语名 Buenos Aires,照字面翻译

---

1. 劏:粤语,剖开,切开。

是"好空气",西班牙人用它打起招呼来,也有"顺风"的意思。导游一定会带你到五月广场(Plazza de Mayo),这里有行政中心、剧院、教堂,但我觉得它们的规模比起欧洲城市的,都不足道。

反而是下一个例牌[1]观光区的传统街道好玩。到了这里,游客们都免不了举起手机拍下五颜六色的房屋,传说颜色是穷苦人家用别人剩下的油漆涂上的。其实最美的还是蔚蓝的天空,中国游客拍的也多是天空。

很多墙壁都充满著名的涂鸦画家的作品,有人不断地修补。也有未成名的画家的,只可当成观光纪念品出售。官方汇率很低,大家都懂得在这里把美金换成阿根廷比索。我一向有预算要花多少,一次兑换了,就不必每次去计算。

到了这里就听到探戈音乐了,也有真人在咖啡店外表演。男的穿黑西装,女的穿大红裙子,开衩处可见大孔的网状丝袜,但女人样子都长得丑,身材略为肥胖,一点也不性感。

我在小商店里买了我的第一个喝马黛茶的壶,葫芦壳上雕了花,吸管上有一对男女跳探戈的图案。也知道是游客纪念品,但还是花了一百美金。当冤大头就当冤大头吧,不在乎,只是怕下次再也看不到,要回头也来不及。

大街小巷都是烤肉店,简陋的档口只是一个大炭炉上面放了张铁网,就那么卖将起来。要了一块肉试试,照样是很硬很硬。

给咖啡店的蓝色桌子吸引,探头去看,院子里有一木头公仔,做成了一个灰发老头的样子,旁边坐的是一个真人,样子却很像

---

1. 例牌:粤语,指惯常性的动作行为。

假的。拍了张照片,对比起来成趣。

处处都有木头公仔,当然最多的是关于教宗的。看到球星马拉多纳的木头公仔也不少,才想起他也是阿根廷人。

坐下喝杯咖啡吧。导游说这里的水平低劣,还是去百年老店 CAFÉ TORTONI,地点在市中心。它的招牌是用美丽年代(Belle Époque)的字体写的,外观看起来像间电影院,有个玻璃橱窗卖该店的纪念品。

里面古色古香当然不在话下,它是阿根廷的陆羽茶室,到了布宜诺斯艾利斯非光顾不可。天花板有一大片彩色玻璃窗,灯光由里面照出。整间店挂满古董灯饰,怀旧的气氛非常浓厚。墙壁上有多位政治家、作家、歌剧家等的照片和道谢状,当然少不了探戈的海报,喜欢历史和考古的人可以慢慢欣赏。

咖啡我不在行,要壶马黛茶吧,也有供应。一般马黛茶是友人之间喝的东西,非商品,不卖。但是因为游客们的要求,当今在各酒店的食肆都可以找到,好在没有做成茶包。

这家店说是咖啡室,但各种酒齐全,摆在酒吧后面。大清早不喝酒了,还是来些别的。我一向不喜蛋糕之类的甜品,见友人叫了,也每一种试他一口,甜得要命。甜品嘛,就应该甜得要命才算是甜品。如果怕甜,还有种我们的油条那类的东西可以吃。整个拉丁民族区都卖这种食物,也甜,但不会甜死人。

请导游带我们到古董街走走。自从买了拐杖送倪匡兄后,我自己也染上"手杖癖",每到一处,必寻找。当今虽然还不必靠它,但已够年龄和身份撑手杖,这是一种多么优雅的事,何乐不为?

看过多间店铺,都有一些,但较普通。这个城市的古董店里的手杖显然不是每一支都珍贵,但至少不至于弄假货来骗人。最后给我找到一支,手柄是银制的,有个机关,一按掣,打开来是个烟盒子,可放几根后备香烟。非常喜欢,我也就不讲价买了下来。

晚上去看探戈表演,也可以请导师来教,费用不便宜,据说导师都是大师级的,太专业了。音乐非常值得欣赏,我从小爱听,什么 *La Cumparsita*、*Jealousy*,如雷贯耳。听现场演奏,更是震撼。

还是医肚吧。这里最著名的是一种烤包,叫 empanada,外形像我们的饺子,但有手掌般大,里面有各种馅料。它不是用来吃饱的,是正餐与正餐之间吃的,算是点心。我们吃了几个就饱得不能动弹。

饿的时候,empanada 看来是诱人的,外层烤得略焦,香喷喷上桌。一吃,馅并不是很多,觉得有点孤寒。所谓馅,不像我们包饺子时调制过的,只是些芝士、番薯粒之类的素菜,就那么塞进去,也有较贵的肉碎,总之下得不多。

我们去的这家饭店叫 El Sanjuanino,很出名。里面装修古朴,给人一种家庭的温暖感觉。侍者也亲切幽默,显然应付过很多外国客。他一声不出地捧来一大盘烤包,各种馅齐全。我每种都试了一小口就放下,这种东西早已声明是用来填肚的,而非美食。

这家的菜单很厚,仔细研究后点了最多人叫的豆汤,平平无奇。但是他们做的牛肚、羊肚就很精彩,值得推荐。

这里气氛还是一流的,价钱也便宜得令人发笑,各位到了布宜诺斯艾利斯,也不应错过。

继续阿根廷之旅。机位难订,我们要去的地方要多次折返布宜诺斯艾利斯，结果友人干脆包了一架私人飞机，计算一下，连同机场等待及各地住宿，可以节省两三天，大呼值得。

先飞阿根廷最南端的埃尔卡拉法特（El Calafate），要看冰川的话，这里有最佳设施。到达后入住当地最好的酒店，所谓最好，也不过是大木条建筑的露营小屋，令我想起在冰岛观北极光时住的旅馆。

这家叫 Xelena 的酒店面对着大湖，日出日落甚为壮观，除此之外没什么特点。印象最深的是早餐的桌子上摆着喝马黛茶的壶，冬青叶可以自己大把添加。酒店的热水一向不滚，用它来冲泡温度刚好。

我们去的时候虽是阿根廷的冬天，布宜诺斯艾利斯也有二十四摄氏度，但这里寒冷至极，整套冬天衣服搬了出来，好像也不够温暖。

小镇离酒店也要十多分钟的车程，像西部片中一般有条大街，还开了个赌场，我们当然不会走进去。最热闹的还是一家卖冰激凌的店，愈冷愈想吃雪糕，来到了这里大吃特吃，还淋上当地土炮。这种土炮有点像伏特加，勾了冰激凌之后才觉得喝得下。

友人很爱吃鸡肉，但阿根廷卖的都是鸡胸。他怀念鸡翅，见镇上有家肉店，就走进去看有没有。餐厅不供应，自己带去呀！结果看到的也都是鸡胸肉，翅膀不知飞到哪里去了。

有家工艺品店，只有老头一人守住。在那里看见了一个马黛茶壶，很天然的红色，很美，品位甚佳，于是买下自己的第二个马黛茶壶。当今对着它写稿，好像更有灵感。还顺道在小超市买了一包冬青叶，本地人说 ROSAMONTE 牌的最好，就盲目地跟着购入。一袋五百克，卖二三十块港币。

晚上又去老饕推荐的烤肉店，去了这么多家，都没留下印象。每次我只尝羊肉，较牛肉易下咽。记得来布宜诺斯艾利斯去第一家餐厅时，侍者拿出一粒粒炸过的东西，原来是羊睾丸，我也敢试，不好吃而已。

红酒不喝了，经常叫一种当地的黑啤，苦得众人都皱眉头。我不怕，最多要一瓶可乐对着喝。大家看我叫可乐，也觉出奇。

第二天就出海了。所谓海，其实是个大湖。我们包了一艘大船，航行了一个小时左右，在船上餐厅大喝马黛茶。心急地等待，终于有块冰川的碎冰漂来。碎冰，也巨大得像个小岛，竟然是蓝颜色的，像被小时候用的 royal blue [1] 墨水染过。大家喝彩。后来碎冰漂来得愈来愈多，看厌了也不觉新奇。

终于到达冰川，整个像蓝色的大陆，一个一百三十五米高的冰块出现在眼前，确实值得一看。

船停下，船夫用铁钩拉了一大块冰，凿开，做鸡尾酒给我们喝。我还是要了一个大口威士忌杯，把冰放在里面，再注入酒。这是用亿年冰的 on the rocks [2]，相信在很多酒吧是喝不到的。

原以为这就是最高、最大的冰川，后来发现翌日到达的佩里托莫雷诺冰川（Perito Moreno Glacier）才是最厉害的。整个冰川的面积是二百五十七平方千米，被选为"世界自然遗产"。你会感觉到整个天、整个地都是冰。阿根廷政府知道这是可以赚钱的，投入大量资金，做得很好，修了长长　木头走廊，方便游客从各个角度去欣赏。年纪大的人有电梯可乘，其实步行起来也不艰难，还可以乘船从周围看。

1. royal blue：英语，品蓝。
2. on the rocks：英语，加冰块（而不加水）的（饮料）。

脚踏冰川是要看季节的，我们不巧没遇上。但在冰岛时已经走过，在远处、近处都能观赏这座冰川，也算值了。本来想要多描述一点游冰川的经历，却发现怎么想都没什么可以写的了。

　　离开时从飞机窗口望下，才知道那是巨大的河流直注入海，遇冷空气忽然凝结成的冰川。相比之下，我们到过的比微粒还小。如果这么一来你还学不到什么叫谦虚，我就没话可说了。

　　经一个多小时的飞行，我们抵达了有"小瑞士"之称的巴里洛切（Bariloche）。

　　别人怎么想我不知道，我反正感到这是阿根廷之旅中最乏味的一程。这里像瑞士吗？湖边几间小木屋有点味道。我是一点也不觉得这里漂亮的。

　　入住的旅馆叫 Liao Liao，根据西班牙语读法，l 作 y，也许是摇摇，中国人发音成"聊聊"，这里的话读作"绍绍"。绍绍酒店大得不得了，是一般游客入住的。我们的贵宾房间面对着湖，不能说不漂亮。

　　有些朋友即刻到酒店设有的高尔夫球场，我好好地浸了个肥皂浴，披上浴袍，坐在阳台上面对着湖，看颜色转为绿的、澄蓝，夕阳之下，又染红。

　　翌日有远足活动，也有野餐，我就不参加了，继续在房间内写稿，也乘机打听镇上有什么吃的。最终给我找到一家中国餐厅，叫"黄记中餐馆"，听说是福建人开的，这对路了。听到有炒面吃，即刻打电话去，和对方用闽南话对谈。听说有豆芽，大喜。众人回来后一起去，有什么吃什么，几乎所有食物都给我们吃光。

　　本来到当地就该吃当地东西，叫什么中国餐？但这次我毫不差耻地承认：是的，我要吃中国菜！我要白饭！我要酱油！

我们来到了阿根廷之旅的最后一站：伊瓜苏瀑布（Iguazu Falls）。

从飞机上往下看，一片又一片的热带雨林，连绵不绝，有比亚马孙的还大的感觉。巨川穿过雨林，到了伊瓜苏瀑布口收窄，那里被叫为"魔鬼的喉咙"。

整个瀑布呈 J 字形。"不是很大呀？"飞机师听到了哼哼一声："到了下面你就知道。"

世界有三大瀑布：南非赞比亚和津巴布韦之间的维多利亚瀑布，巴西和阿根廷之间的伊瓜苏瀑布，还有被看过伊瓜苏之后的罗斯福夫人叹为可怜的位于美国和加拿大交界处的尼亚加拉瀑布。

到底哪一个最大？资料显示：伊瓜苏最阔，但中间给几个流沙堆积成的岛屿分割，于是变成维多利亚最大。而尼亚加拉瀑布最没有看头了！

谁最大都好，伊瓜苏的瀑布群有各种形状的瀑布，总计有好几百个，还可以从不同角度去看，伊瓜苏毫无疑问是天下最美的。

"伊"字在当地语中是"水"的意思，而"瓜苏"就是"大"了。传说天神想娶一个叫娜比的少女，但她和爱人乘独木舟私奔了。天神大怒，用巨刃把大地切开，造成瀑布，将这对情侣淹死了。

要游伊瓜苏，先得进入巴西境内。那里有个数十万平方米的国家公园，保护着大自然的一草一木，我们沿途看到的巨喙的大鸟和鼬鼠，并不怕人。

终于到达我们要入住的酒店 Das Cataratas，其外表为粉红色，像在电影《时光倒流七十年》(*Somewhere in Time*) 中那么浪漫。

经花园到游泳池，进房后我先看浴室，竟已比普通套房还要大。

房中一切设备完善，书桌上摆满鲜花，让客人不想出门。

但我们已经心急，乘着夕阳，直奔就在酒店前面的伊瓜苏，才明白飞机师所说的话，确实壮观！瀑布一个接一个，颜色不断地改变。水流隆隆作响，冲到石头上溅散，造成几十道彩虹，是天下最美的景色。要求婚的话，带女朋友来这里，才算有情调。

欣赏瀑布有几个方法，我们都玩尽了。翌日乘直升机，从高处感觉不到瀑布的威力。再乘船，除了被水溅得一身湿之外，别想拍什么照片。

最好的当然是步行了。我们除了在巴西这边看之外，还折回阿根廷那边欣赏，角度更多。阿根廷政府致力发展旅游，搭起完美的木梯供游客一步步爬上爬下，上年纪的游客则有电梯可乘。

我沿着木梯从上游走下，像进入了瀑布的心脏，它有如李白形容的水从"天上来"！

水珠造成的视觉效果，几乎都是彩虹，一生人[1]没有看过那么多。每看到一道，都想见见彩虹的末端，看那里是否像洋人形容的那样有一锅金子。这次确认是找不到的。

马丘比丘和伊瓜苏，一个是静的，一个是动的；一个是死的，一个是活的。这种人生经验难得，必去的地方，伊瓜苏瀑布是首选。

折回布宜诺斯艾利斯，去看上次没时间看的哥伦布歌剧院。和欧洲各大城市的歌剧院一比，它当然显得渺小，里面所谓豪华的装修，都贫乏得令人发笑。

但是，喜欢歌剧的人才会欣赏。它的舞台比观众席更大、更深，地板下面挖空，像小提琴的效果一样，回响强烈。最佳座位大家

---

1. 一生人：粤语，一辈子。

以为是总统包厢,对着舞台的戏票反而不值钱。岂知总统包厢只能看到小部分的表演,那个座位是让观众看到人,而不是让人看到戏的。

整个剧院有七八层高,最奇妙的是最低的座位只有半层,是让谁来看?原来那是寡妇专席。带丧的人不方便在公众面前出席,只有偷偷躲在这里,看其他人的时装,而不是听音乐。

另有一奇处,天花板上有一个巨大的圆顶,大到可以藏住儿童合唱团,由其唱出的银铃一般的歌声,有如天籁之音。怪不得大家一致赞说这是天下最好的歌剧院。到了布宜诺斯艾利斯,千万别错过去此处游览的机会。

阿根廷最高级的名牌是ILARIA,其实是家秘鲁公司。机场和各大商行没有它的分店不行,它做得最好的是银制品。临离开的前一天,刚好是我的生日,友人送了我我的第三个马黛茶壶,还有一个图案是一个妇女卖烤马铃薯的镶银工艺品,手工精细,甚得我心。

我自己也在该店买了一个礼物送给自己。那是一个纯银的名片盒子,薄得不得了,虽然只可装四五张名片,但这种优雅年代的用品,岂可不拥有?

返港的航班是深夜的,我们还有时间,就到贵族公墓旁边的广场走走。适逢日落,夕阳把自己的影子照得长长的,举起手机,拍了一张。

别了,阿根廷,一个可以重游的国家。

第二章

饮食话题

关于健康

问:"作为一个美食家,你注重健康吗?"

答:"智者曾经说过,做一个美食家,从牺牲一点点的健康开始。"

问:"但是当今流行的,都是以健康为主。"

答:"以健康为名,许多美食文化都被消灭了。"

问:"这话怎么说?"

答:"举个例子,上海本帮菜的特色浓油赤酱,现在已无影无踪,得拼命去找,才能找到几家吃得过的。"

问:"从前的人缺乏营养,菜要又油又甜;当今的人生活富足,得吃得清淡一点嘛。"

答:"太过清淡,同样对身体不好。"

问:"猪油总不能吃吧?"

答:"猪油有那么可怕吗?植物油就那么好吗?你有没有试过洗碗呢?"

问:"没有。"

答:"你洗过就知道了。有猪油的碗碟一洗,一下子就干净了。

有植物油的碗碟，洗个老半天还是油腻。"

问："猪油有那么好？"

答："有些菜，不用猪油就完蛋了。像上海的菜饭、宁波的汤圆、潮州人的芋泥，把猪油拿走，还剩下什么？"

问："过多了还是不行。"

答："这句话我赞成，但少了也不一定健康。我们不是天天猛吞大肥肉，偶尔来一客红烧蹄髈，是多么令人身心愉快的事呀！"

问："不下那么多油可不可以？"

答："有些菜不可以，像过桥米线，生鱼、生肉全靠上面那层油来焖住，才能熟。当今的只下那么一点点油，不吃出一肚子虫来才怪。"

问："健康饮食，从什么时候，在哪里开始流行？"

答："二十世纪九十年代吧，是美国加州人始创的。他们把太油、太腻的意大利菜，改成少油、少盐的，大家拼命吃生菜沙拉，吃得变成兔子。"

问："但怎么那么快地影响全球？"

答："都怕胖嘛，尤其是女人，有些干脆吃起斋来，而且强调菜全部是有机的。什么是有机，到现在很多人还是搞不清楚。"

问："有机菜比较有味道呀。"

答："我吃不出，你吃得出吗？"

问："……"

答："就算是吃菜，吃得索然无味的时候，就拼命加油、加酱了。香港的斋菜，油下得也多，那些不容易洗得干净的植物油会留在胃中，后果怎么样，你自己想想。"

问:"那么接下来流行的慢食呢?"

答:"快食、慢食,对于所谓的健康,并没有明显的影响,大家的习惯而已。问题在于好不好吃。美式快餐不好吃,就不吃了,但也不至于弄到慢食就好吃。"

问:"那么慢煮呢?"

答:"我一听到厨师走出来解释,说这块肉用多少度的低温,煮了多少个小时,心中就发毛。新鲜食材新鲜煮、新鲜吃,才算新鲜,给他那么一弄,有什么新鲜可言?况且,包在塑料袋内煮,袋里的化学品分解出有害物质的概率增大。虽然至今还没有科学论证,也可以想象到这不是一件好事。"

问:"那你自己是怎么保持健康的?"

答:"从来不用'保持'这两个字,想吃什么吃什么,油腻的东西吃多了,就喝浓普洱来解。我也不一定是大鱼大肉,在家吃些清粥,送块腐乳,也是一餐。"

问:"那体重呢?你的体重是多少?"

答:"七十五公斤,这二十几年来一直不变。"

问:"怎能不变?容易吗?"

答:"容易,一上磅,发现重了,裤头紧了,就少吃一餐,或者干脆断食一两顿,就轻了下来。"

问:"那么我们女人要好好学习了。可是,怎么忍呢?忍不住呀!"

答:"忍不住,就不能怪人。一切都是自作自受。"

问:"所以我们要吃健康餐呀!"

答:"要健康不是吃健康餐就行的。"

问:"那么你教教我们怎么做吧。"

答:"健康分两种,精神上的和肉体上的。我不知道说过多少遍,倪匡兄也主张:'不吃这个,怕吃那个,精神上就不健康了。'精神不健康,什么毛病都跑出来,轻的变成神经衰弱,重的会得癌症。精神健康影响肉体健康,这不怕吃,那不怕吃,身心愉快,就会产生一种激素,化解饮食不均衡的结果。人一快乐,身体就健康,这是必然的。"

问:"就那么简单?"

答:"就那么简单。"

饮食闲聊

和小朋友聊天。

问:"你眼睛一看,就知道这道菜好不好吃?"

答:"有些菜可以的。"

问:"比方说?"

答:"比方说,上了一碟鸡蛋炒虾仁,那些虾仁,已经冷冻得变成半透明,怎么会好吃呢?"

问:"那你就不举筷了?"

答:"也不是,朋友请客的话,我会夹鸡蛋来吃,鸡蛋是无罪的。"

问:"就说虾吧,当今的虾多数是养殖的,但偶尔也吃得到野生的,你能分辨得出虾是养的,还是野生的吗?"

答:"一碟白灼虾上桌,如果虾尾是扇开的,那就是野生的;合在一起的,多数是养的。"

问:"这么厉害?"

答:"我也是听专家说,自己又再观察得到的结论。像看一尾方䲛是不是好吃,吃鱼专家倪匡兄说'翻过肚子来一看,是粉

红色的,一定没错;要是有黑色斑点,肉就又老又有渣',百试百灵。"

问:"东西正不正宗呢?"

答:"粗略可以知道。像上海菜里的烤麸,如果是用刀切的,而不是用手掰的,就知道味道好得极有限。不过我不是真正的江浙人,味觉没有那么灵敏。查先生说广东人炒不好上海菜,也许有道理。但当年我吃过钟楚红的家公[1]家里的上海菜,虽然是顺德女佣煮的,但她长年受朱旭华先生指导,做出来的烤麸,也算正宗。"

问:"这么一说,你也能分辨得出正宗的日本菜味道吧?"

答:"我在日本住了八年,最好的餐厅多数都去过,菜是不是正宗,我还吃得出来。像韩国菜,我到韩国的次数有一百回以上,

---

1. 家公:粤语,指丈夫的父亲。

我说出的许多正宗的韩国菜味道,纵使一些韩国人自己也不知道。这也是我的徒弟阿里峇峇敬佩我的地方。韩国人个性直爽,你比他们厉害,他们就服你,所以阿里峇峇拜我为师。"

问:"法国菜呢?"

答:"这我不敢自称专家了,究竟我吃得不多。"

问:"吃得不多,是不喜欢?"

答:"不喜欢的,是那种排场。所谓的巴黎人精致料理,一吃三四个小时,不适合我这种性子急的人。但法国乡下,还是有很多家庭餐厅,可以随意吃吃,我就很欣赏。"

问:"那么你比较喜欢意大利菜吗?"

答:"对的,意大利菜和中国菜一样,是一种吃起来很有满足感的菜,大锅大碗的,一家人大吃大喝。我对意大利菜的认识较深。"

问:"西班牙菜呢?"

答:"和意大利菜一样,也喜欢。"

问:"有什么不喜欢的呢?"

答:"假的都不喜欢。"

问:"什么是假的?"

答:"那些做日本菜的,通街[1]都是,弄一大堆假日本鲑鱼,其实是挪威货,怎么会不令人讨厌呢?"

问:"和假西餐同一道理?"

答:"对。所谓假,还包括学了一两道散手[2]就出来开店的,

---

1. 通街:粤语,满街、到处。
2. 散手:粤语,本领、本事、技能。

做来做去都是什么烤羊架、煎带子、炸油鸭腿等,又用个铁圈子,把肉塞在里面就拿出来,还在碟上用酱汁乱画。这种菜,怎么吃得下?"

问:"但这些就是我们年轻人学习吃外国菜的理由呀!"

答:"不错,第一次可以,第二、三、四次受骗,你就是傻瓜,不可救药。"

问:"我很想问一个许多人都想问的问题,那就是怎么能成为一个像你一样的美食家?"

答:"美食家我不敢当,我只是一个喜欢吃的人。问我怎么成为什么什么家,不如问我怎么求进步。我的答案总是努力、努力、努力。没有一件事是不努力就可以成功的,努力过后就有收获,用这些收获去把生活水平提高,活得比昨天更好,然后希望明天比今天更精彩。"

问:"说得容易,做起来难。"

答:"不开始,怎么知道难?"

问:"我们年轻人要努力,对吃喝怎么会有要求?所以只有到快餐店去解决了。"

答:"早一个小时起身,自己煎个蛋,或者煮一碗面,也不是太难;做个自己喜欢的便当,也能吃得好。这就是所谓的努力了。"

问:"听说你是永远不去快餐店的?"

答:"流行过一个笑话,说我到风月场所给狗仔队拍了照片,编辑知道我好色,不出奇,就把照片扔进垃圾桶。如果我从麦当劳走出来,给人家拍了照片,此才是一世英名完全丧失。哈哈哈哈。"

饮食节目问答

和小朋友聊天。

问:"听说你最近有做新的饮食节目的念头,会有什么内容呢?"

答:"主要是保护濒临绝种的美食,尽量重现一些古时候的菜谱。还有让观众知道,平凡的食材,也能做出精彩的菜。"

问:"只讲中国菜吗?"

答:"也不是。像旅行,一生总要过,可以看看别人是怎样过的。把节目做成味觉的旅行,同样的食材,看别人是怎么做出来的,让大家参考。"

问:"举个例子吧。"

答:"比方说,你到一家好的外国餐厅,如果面包不是他们自己烤的,那么这家餐厅就好得极有限。中国食肆最不重视白饭了,为什么不能像外国的一样,把一碗基本的饭炊得好一点呢?从白饭延伸,做出粥来,有很多种;也可以把米磨成浆,烹调出各种菜品,像肠粉等等。"

问:"那也可以做不同的炒饭了?"

答:"这当然。"

问:"要不要比赛呢?"

答:"何必?大家切磋,多好!"

问:"还有什么可以添加的?"

答:"我想多加一个讲餐桌上的礼仪的环节。"

问:"不会闷吗?"

答:"不说教就不闷。而且这是我们很需要的一课,像吃饭时抢着夹菜,就不应该。我们还有很多人会把菜东翻西翻,也不对。"

问:"这不是很基本的吗?"

答:"是基本的,但不懂的人还是很多,需要提醒。我们小时候很幸运,有父母指引,但现在大家都忙,也许忽略了。像吃饭时发出啅啅的声音来,也不雅。"

问:"现在很多人都是这样吃的呀,成为习惯,大家都发出啅啅声,也就接受了,没什么不对呀!"

答:"朋友一起,家人一起,怎么吃都行,但是出不了大场面。在外国旅行,总有一些国际上的基本礼仪要遵守,否则人家看了虽然不出声,但心中看不起你。我们何必做这种被人看不起的事?"

问:"这是因为你年纪大了,看不惯年轻人的反叛。"

答:"对。我们年轻时也反叛过,不爱遵守固有的道德观,父母看不惯。但这不是反叛不反叛的问题,是做人做得优不优雅的问题,是永恒的。"

问:"还有什么环节?"

答:"很多,像食物的来源和人生的关系。"

问:"举个例子。"

答:"像吃白米长大的东方人和吃面包长大的西方人,在身体上有什么不同。发育就完全不一样,东方的孩子送到西方去,也能长得比较高大呀,这是明显的例子。"

问:"那要研究营养学了?"

答:"这让学者去讨论。到底是电视节目,很实际地需要收视率,必须有娱乐性才行。如果有太多篇幅去谈药膳之类的,就太过枯燥了。"

问:"那么讲不讲素食呢?"

答:"当然得涉及,讲的是真正的素食,不是把素食变成什么斋叉烧,什么斋烧鹅。那样一来,心中吃肉,也等于吃肉了,不是真正的素。"

问:"可以做些什么素呢?"

答:"在食材上去下功夫。像有种海藻叫'海葡萄',就那么用醋和糖来腌制一下,就是一道美食。"

问:"叫大师傅来做?"

答:"也要请他们示范。不过家庭主妇的手艺也不能忽略。她们的菜,做给子女吃,一定用心。用心,是很多餐厅大师傅缺少的。有时候,家庭主妇也可以在很短的时间内做出一桌菜,来应付丈夫临时请来的客人。这些卧虎藏龙的厨娘,都要一一发掘。"

问:"有没有减肥餐呢?"

答:"没有。"

问:"怎么答得那么决绝?"

答:"最有效的减肥餐,就是不吃,不吃就不肥。"

问:"那么,讲不讲人与食物的亲情?"

答:"饮食节目应该是欢乐的,太多挤眼泪的情节,还是留给别的节目去做吧。"

问:"外国拍的饮食节目,有什么可以借鉴的?"

答:"他们的内容我都不想重复,精神上可以借鉴。像他们的一个小时之内做出多种菜来,就有那种压迫感。也许我会请一些专业厨师,或一些生手,在二十分钟之内做出几道菜来。"

问:"做得到吗?"

答:"中国菜的煮、炒,都是在很短的时间内完成的。像《料理的铁人》那种节目,如果让一个巧手的厨师去做,一个小时之内做出一桌菜来,不是难事。"

浅 尝

和小朋友聊天,话题当然是关于吃的。和我交往的都喜欢谈饮食,也只有这种话题,最为欢乐。

"我发现你原来是吃得不多的,你的许多朋友也说,蔡澜这个人不吃东西的。这是不是因为你已经吃厌了,人也老了?"小朋友口无遮拦,单刀直入。

"老不是一种罪。我承认我是老了,有一天,你也会经历这个阶段。至于是不是吃厌,好的东西怎么会吃厌呢?当今好的东西少了,我就少吃一点。"我老实地回答。

"好东西照样很多呀,有瓜果蔬菜,有猪肉鸡肉,有石斑也有苏眉,怎么说少了呢?"小朋友反问。

"有其形,无其味。你们吃的鱼多数是养殖的,肉类的脂肪也愈减愈少,蔬菜更是经基因改造,弄得没有味道。人类因为贪婪,拼命促生,有些还使用很多农药。又因为养殖的失去颜色,就不管人家死活,加苏丹红等色素。不好吃不要紧,吃出毛病来可不是开玩笑的。"

小朋友怕了:"那——那我们要怎样才好?"

"一切浅尝。"

"浅尝?"

"是。浅尝是一种很深奥的学问。美食当前,不再去碰是不容易的,我自己也忍不了,要学会浅尝不容易。"我说。

"那我们年轻人呢?要怎么开始?"

我答:"从要吃就吃最好的开始。别贪便宜,有野生的,贵一点也得买。吃过野生的,就知道滋味有多好,再也回不了头去吃养殖的了。"

小朋友点点头,好像有点明白这个道理:"那和浅尝有什么关系?"

"现在这个年代,你们就算有钱,能吃到野生东西的机会也不多,那么就别贪心,吃几小口就放弃吧。养殖的鱼,只用它的汤汁来浇白饭,也是一种美食。"

"白饭吃了会发胖的!"

"胡说。现在的人哪会吃得了太多饭?你们发胖,是因为你们喜欢吃垃圾食物,而垃圾食物多数是煎炸的,煎炸的东西吃多了,才会发胖!"

"煎炸的东西很香,你不喜欢吃吗?"

"我也喜欢,不过我喜欢吃好的。"

"煎炸的东西也分好坏吗?"

"当然。有些东西包的那层粉那么厚,吸满了油,我一看到就觉得恐怖。好的天妇罗,炸后放在纸上,最多只有一两滴油,你吃过了,就不会去尝坏的了。"

"我们哪有条件天天去吃高级天妇罗?"

"把钱省下,吃一次好的。这么一来,至少你不会天天想吃肯德基了。同样道理,你吃过一顿好的寿司,就不会想去试回转的了。"

"道理我知道,但是我们还在发育时期,你让我怎么不吃一个饱呢?"

"那我宁愿你吃几串鱼蛋、一碟炒饭、一碗拉面,每一种都浅尝,好过用一种东西塞得你的胃满满的。对感情,花心我不鼓励;但对食物,绝对要花心!"

"这话怎么说?"

"像吃鱼,如果鱼中有孔雀石绿,那么少吃一点还不要紧,吃太多,毛病就来了。火锅有地沟油,那么少吃一点,再来杯茶解解,也没事。"

"你的意思是什么都可以吃,但是什么都少吃一点?"

"对,要保持好奇心。中国菜吃完,吃日本料理,吃韩国料理,吃泰国料理,吃越南料理,吃西餐,什么都好,什么都不必狂吞,多吃几样。"

"不喜欢的呢？像芝士，我就从来不碰。"

"也要逼自己去吃，试过了，你才有资格说喜欢或者不喜欢。从来不碰，就是无知。年轻人求的是知识，你怎么可以连这一点都不懂？有的芝士很臭，但是可以从不臭的卡夫芝士开始试，蘸点糖，甜甜的，好像吃蛋糕。慢慢地你就会发现卡夫芝士满足不了你，因为它是牛奶做的。当你要求更浓郁的味道时，你就会去吃羊奶的了。到时，这个芝士的味觉世界，就给你打开了。"

"榴梿也是同一个道理？"

"对。可以先把榴梿放在冰格上冻硬，拿下来用刀切一小片，当雪糕吃。当你接受了，泰国榴梿满足不了你，你便会去追求马来西亚的猫山王了。"

"道理我明白。但是如果我只爱吃麦当劳，只喜欢吃肯德基，那怎么办？"

"那只有祝福你了。"

小朋友有点委屈：“对着一些我爱吃的东西，总得吃个饱，你怎么说我都不会理睬的。"

"我知道，有些东西你在这个阶段是很难入脑的。我现在唠唠叨叨地向你说，也不希望你会了解，我只是在你脑中种下一颗种子罢了。有一句话你记得就是：今天要吃得比昨天好，希望明天吃得比今天更精彩。到时，你就会发现，一切食物，浅尝一下，就够了。"

我的吃牛经验

小时候吃牛肉，母亲到菜市场买个半斤，切片后炒蔬菜，肉质时硬时软，但我牙齿好，什么都嚼得烂。

长大后开始接触西餐，牛排当然是第一道菜。一大块肉，煎他一煎，就用刀叉分开放进口。因为没试过这种吃法，觉得很过瘾，但一餐饭也只有这一种肉，也是单调。

学了英文之后，才知道英国人的等级观念不只体现在态度上，连字眼也有严格的区别。beef 这个词是指牛肉中较好的部位；而下等的牛肉，则以 ox 称之，像 oxtail[1] 等。当然，那个年代的英国菜是极粗糙的，其实牛尾做得好的话，比背脊之类的部位还要好吃。

留学时到了韩国，更欣赏他们的牛尾煮法。gomtang 是将数十条牛尾洗净了，切块放进一个双人合抱的锅中去煮的，除了清水，什么调味料都不加。牛肉在韩国最为高级，贵得曾经只有皇帝、高官才能享受，这种近于神圣的肉类，当然愈少添加其他东西愈好。

整大锅的牛尾煮一夜，翌日装进大碗中，连汤热腾腾捧上来。

---

1. oxtail：英语，牛尾肉。

桌面上另有一大碗粗盐和一大碗大葱,任客人随意加来吃。啊,是无上的美味!

韩国人最会吃牛肉了,什么部位都吃得干干净净。上等肉做刺身,切丝后加上雪梨、大蒜瓣、蜂蜜和一个生鸡蛋拌他一拌,不知比鞑靼牛排好吃多少。

鞑靼牛排,传说是蒙古人行军时的食物。他们把牛肉块放在马鞍下,就那么压着,最后将压碎的生肉吃进口。鞑靼牛排传到英国后,加洋葱、酸豆和咸鱼,侍者在你面前拌好后用小茶匙试一口,味道合适才整份上桌。

法国人吃生牛肉才不下那么多配菜,就那么放进绞肉机弄碎了,加大蒜后淋上大量的橄榄油就吃将起来。我曾经让女友那么做来让她两个孪生女儿吃,觉得有点不肯下功夫。

牛排大国非美国莫属。说到过瘾,没有比 porterhouse steak[1] 更厉害的了。整块牛排,有中国的旧式铁皮月饼盒那么大、

---

1. porterhouse steak:英语,上等牛排。

那么厚。吃牛排总得到得克萨斯州去,那里的人可以将整只牛烧烤出来。老饕吃的,是一大碟的牛脑。

但美国人到底是老粗,伴着牛排吃的只有薯仔,不像法国人那么精致。法国人也是一块牛排,不过旁边摆着一个像小杯子的东西,那是将牛的大腿骨锯开,撒了盐焗烤的,吃时用小匙把骨髓挖出,淋在牛排上,才不单调。

牛骨髓可以说是整只牛最美味的部分,可惜每次我都吃不够。匈牙利人用几十管牛骨熬汤,捞出来任客人吸骨髓,这才叫满足。

吃了牛脑、牛骨髓之后,当然得吃牛内脏。煎牛肝在西餐中最为普遍。意大利人拿手的是吃牛肚,去了佛罗伦萨,非到小贩摊吃卤牛肚不可。虽说是卤,放的香料不多,近于盐水白焓[1]。欧洲其他国家也吃牛肚,多数配西红柿来煮。

小牛腰是道高级的西菜,因不去尿腺,要高手做起来才无异味。六个月大的、不吃草的才叫小牛,肉白色,一开始啃草,肉就变红。

除了这几个部分,洋人几乎不会吃其他内脏,他们喜欢的是sweetbread。这和甜面包一点也搭不上关系,是小牛的胸腺或胰脏。这种食物是我从来不曾了解的,也许是因为没有遇到一位妙手。我好奇心极重,什么食物都要试到喜欢为止,但就是不能欣赏此物,也许是缘分问题吧。

其他内脏到了广东的卤牛师傅手上,都变成了佳肴,包括牛鞭,但他们就是不做牛胸腺,也许和我有共同点。崩沙腩和坑腩他们做得也出神入化。牛腩这个又带肥又带筋又带肉的部位最美味,洋人都忽略。他们也不会吃牛腿腱,更不知道什么叫金钱腱。

---

1. 焓:粤语,煮,熬。

再说神户，这是一个都市，没地方喂牛。那里每年有一个比赛，由周围的农场把牛送来参赛，得到大奖的多为三田牛。所以在日本说吃神户牛，就知你是外行。日本牛最好的产区，除了三田之外，还有松阪和近江，其他地区的牛是不入流的。不过他们只懂得烧烤，原因是肉好的话，烹饪尽量少用花样。

花样层出不穷的还是韩国人。我认为他们做得最好的是牛肋，加简单的胡萝卜、白萝卜、红枣，以及松子去红烧。差点失传的是加墨鱼进去，水产和肉永远是个好配搭，他们懂得。

中国的潮州算是一个人人爱吃牛肉的地方，潮州的牛肉丸一向做得出色，而当今的肥牛火锅也是由潮州兴起的。

肥牛到底是什么部位？其实有肉眼肥牛，采用牛脊中部肥瘦相间的肉；还有上脑肥牛，采用牛脊上面接近头部的肉。但不论什么部位，那头牛要是不肥的话，是找不到"肥牛"的。

在汕头有一家做得非常出色的肥牛火锅，各地火锅店老板纷纷来求肥牛的货，但他家的货供应当地人已经不够。日本人养牛也不过是这百多年的事，但已能大量出口。中国有优良牛种，在这方面下功夫吧！

油炸的爱与憎

　　油炸的东西，对儿童来说，总是一种抗拒不了的食物。我也不例外，小时候也喜欢。

　　妈妈手巧，刀背断筋，再将猪肉片片。另一边厢，舂碎苏打饼，加点糖。猪肉片沾苏打饼碎后油炸，食之不厌。

　　长大了，渐渐远离那些油炸物。因为油炸物都包了一层很厚的面粉，而真正的肉类或海鲜不过是那么一点点，吃后满嘴是油，满口是糊，感觉难吃到极点。

　　到了外国，才知道愈没有烹调水平的地方，愈喜欢把所有东西扔进油锅里面，炸完捞起算数，好不好吃是你家里的事。美国是一个典型的例子。

　　英国的国食是炸鱼和薯条。中国南方人知道，新鲜的鱼，唯一做法是蒸。这门技巧英国人不懂，又因为他们的海鲜多是冰冻的，只有撒上厚厚的面粉去炸了。搭档的薯条炸得无味，令我对薯仔产生极坏的印象，认为喜欢此物的人，都是没有饮食文化的，讨厌得很。

　　到了日本，当留学生时只找最便宜的东西吃。当中有种日语

发音成"克罗凯"的炸面粉球,名字来自法文的 croquette [1],是把切薄的鱼肉或蔬菜,混大量粉浆,外层沾面包碎,捏成球状,有的小如核桃,有的大如鸡蛋,再拿去油炸的。学生吃的,馅中有些薯仔蓉而已。你说,怎会好吃?

炸虾也是包了很厚的面粉,再淋上又甜又酸的浓酱来掩住冰冻味的。我对油炸东西的讨厌,已达忍无可忍的程度,见了就怕了。

当然,这都是年轻时井底之蛙的言语。诸多尝试之后,才知道炸是一门很深奥的学问,而且世上高手如云,我那时还没有遇到而已。

当吃了上等的天妇罗,我惊叹:"怎么会如此美味!"师傅说:"首先,要把'炸'这个词搞清楚。在我们的心目中,它不过是把生的食物变熟而已。我们用的虾,一定是活的,可当刺身。我

---

1. croquette:*法语,炸丸子。*

们用的粉浆尽量地薄，沾上鲣鱼和萝卜蓉酱汁，即刻化开。"

"那么油呢？是不是用高级的初榨橄榄油？怎么可以炸得令人不感觉有油？"我问。

"用的是山茶花籽油。我们试过种种植物油之后，发觉这种油最好。橄榄油只适合生吃，不能接受高温。至于怎么可以炸得令人不觉有油，哈哈，那是数十年的功夫呀！"老师傅笑着回答。

后来，我在英国也吃过很好的炸鱼，但对薯条始终不感兴趣。到了法国，吃他们用鹅油炸出来的薯条，才知道西方为什么要用"法国炸"这名字称之，用来送酒，是吃得下的。

对美国的油炸食物，如果你不是在美国土生土长的人的话，我想再过一百年，你也不会感到惊喜。

虽然可以欣赏名厨的炸物，也能享受街边的煎炸小食，像中国各地的炸油条，都是我喜欢的；但是我始终对炸肉类有"过敏症"，一吃到泰国那种炸得如薄纸的猪肉片，喉咙马上发炎，接着伤风就来了。小时候爱吃的一种叫 goreng pisang 的炸香蕉，现在也不敢去碰。不过走在旺角街头，看见炸大肠，还是忍不住来几块。看到猪油渣，更非吃不可。病不病，哪管得了那么许多？

爱吃的还有炸猪排，用黑猪的 sirloin[1] 炸出来的、带脂肪的才好吃。但想念猪排，还是因为有那又酸又甜的浓酱，更吸引人的，是那一大堆高丽菜和猪排酱配合得特别好。

中国菜之中，炸的不少，一般人的印象只是把食物放进一个大锅中噼里啪啦乱炸算数。大连的董长作师傅说："炸，是烹饪做法中的一大种类，有清炸、干炸、软炸、板炸、酥炸、卷炸、

---

1. sirloin：英语，上腰部肉，里脊肉。

脆炸、松炸等等炸法，有的还要炸两次呢。什么食材用什么炸法，绝对不可以一概而论。"

炸两次的还有印度尼西亚的炸锦鲤。乡下的池塘中养着人家当宝的五颜六色的鲤鱼，旁边放着一个三人合抱的大油锅，抓到了锦鲤劏也不劏，就那么像手榴弹一样扔进锅里去炸。炸完捞起，再炸一次，什么骨头都酥了，任何细菌都死了，蘸着用石臼舂出来的指天椒、大蒜、虾膏加青柠汁吃，天下美味也。

最讨厌当今的厨子把炸当作偷工减料的手段，什么食材都拿来炸一下才去炒。这样才节省时间呀，他们说。我一听就倒胃。像炒胡椒蟹，本来就应该将蟹斩件后从生炒到熟才好吃，当今的都是炸了算数。

在餐单上一看到"椒盐"两个字，我就不点。因为再怎么美名，也都是炸。任何的菜都炸，所有的菜都弄出同一个味道来，真是恐怖得紧。

还是在家里吃好。家里的菜很少炸，是因为家庭主妇寒酸，不肯用一大锅油去炸东西，多数只是煎一煎罢了。煎，我倒是不反对，而且煎的东西我爱吃得很。同样是用油烹调，煎用的油少得多，而且食物用慢火来煎，味道始终较好，你煎一个荷包蛋就知道了。

炸东西，还是留给餐厅去处理。在家炸了，那锅油循环用，总觉得会吃出毛病来。日本人更怕，他们买一包包的粉，炸完把粉倒进剩余的油中，粉即刻凝固成蜡，再将蜡一二三倒进垃圾桶，干净得很。

杯面颂

美国的网站"拉面评级"(THE RAMEN RATER)在二〇一三年选出了"全球十大味道最好的杯面",名次如下:

1. 印度尼西亚 Indomie Mi Goreng Instant Cup Noodles(营多捞面)。

2. 日本 Nissin GooTa Demi Hamburg-Men(日清狄美面)。

3. 韩国 Nongshim Shin Ramyun Black Spicy Beef Cup(农心黑色辛拉面)。

4. 日本 Seven & I Shoyu Noodle。

5. 韩国 Paldo Kokomen Spicy Chicken Cup。

6. 韩国 Ottogi Bekse Curry Myon Cup。

7. 印度尼西亚 Eat & Go Spicy Chicken Mi Instan Cup。

8. 韩国 Paldo Gomtang。

9. 中国香港 Nissin Cup Noodle Seafood Curry(日清合味道咖喱海鲜杯面)。

10. 英国 Pot Noodle Bombay Bad Boy Flavour。

一般对食品和餐厅的评价都不会很公平,都是依照评选者本国的口味界定的。就算是米其林，法国的可以相信，到了亚洲就有偏颇。若由杂志来评定，下广告的当然较有着数[1]。这个杯面的选出全凭个人口味，是一个叫 Hans Lienesch 的弱视人士做的。他自称从十二岁开始就迷上方便面，从二〇〇二年开始搜罗世界各地产品，之后在网上写食评，至今尝过一千种方便面，写了过千个网络日志。

我看过他的食评，相当详尽，分析面质、汤底和配料，并拍下包装及背后数据，还有面泡前和熟后的照片，点击量也达到二百万。为了宣传，方便面生产商也肯寄新产品给他评点。

我对他的判断较为信任，至少那不是团体意见，全属个人观点。你可以不同意，但不能说他不公平。而口味问题，全属个人喜恶，我虽然没有他吃得多，也有个人的"十大"。选杯面，首先要认清楚制作产地，只挂招牌而在分厂做的，绝对不好吃。

第一名还是合味道的最原始的那种，配料有鸡蛋粒、小干虾和小肉块。我不喜他们的咖喱味或其他分类的，认为已是邪道了。

爱合味道，还因他们是第一个出杯面的。在宣传上他们不惜工本，三四十年前已在纽约大道上弄过一个冒烟的大广告。

在质量发展上他们也不遗余力。他们知道杯面一冲滚水，面团就会浮上来，最后下面的太熟、上面的生，所以他们研发了把面团夹在杯的中间的技法，消除这个弊病。他们拿到了专利之后，别人不可照抄，直到数年前专利过期，其他面商才采用这个方法制作。

第二名是元祖鸡骨汤拉面。它是碗形的杯面，虽然没有像合味道的把面团夹在杯中间，但面条十分容易浸透；汤料也含于其中，

---

1. 有着数：粤语，有便宜可占。

用滚水泡个三分钟即可食用。它同样是日清的产品，注明汤料以百分之百的日本国产鸡肉制成，里面还有一块四方形的脱水鸡蛋方块，味道好得不得了。

值得一提的是，每卖一个杯面，日清会抽取零点三四日元捐给联合国世界粮食计划署，保证有三千万日元援助世界贫穷儿童。

有一年，中国台湾的产品没有进入 Lienesch 的"十大"评级，大批台湾网民在网站留言，终于令他道歉。我认为台湾人的举动十分多余，这是他个人的口味，怎能抗议？我是爱吃台湾的维力炸酱面的。它用圆杯形的包装，设计很细心，一打开就能看到有另一个圆杯，里面有两包配料。将配料拿出来打开，把第一包汤料撒在面上，注入滚水，三分钟后把汤倒在空杯中，备喝。第二包是炸酱，拌了面后，一边吃面，一边喝汤。

这个维力炸酱面，排名第三。

第四名是炒面，即日本的 U.F.O.，也是日清产品。它原本的包装呈扁圆形，像一个飞碟，故称之。新的包装也有四角形的，上宽下狭，比圆形的更易让面泡熟，只要一分钟。取出装着液体调味料的调味包和青苔包，再撕开顶上的蜡纸的一角，露出有几个小洞的锡纸,就可以把滚水注入,一分钟后,把水从洞中倒掉。这时面条中间的猪肉干都已烫熟,将面淋上液体调味料,混拌之后,再撒以青苔末,即可进食。酸酸甜甜,非常美味。

第五名是SAPPORO一番。里面有酱油汤包,以及小白菜、包心菜、胡萝卜和玉米等配料,注入滚水三分钟后即可食用。稳稳阵阵[1],没有惊喜,亦不会失望。

第六名是日本的担担面,由Acecook出品。肉末、葱和担担面料已掺在面中,滚水烫三分钟后加液体的调味料,不算太辣,花生味十足。

第七名是泰国的妈妈面。杯外没有英文名字,分冬荫功及青咖喱两种味道,面条易熟,也很有弹性,吃辣的朋友会喜欢。

第八名才是印度尼西亚的营多捞面。它基本上是炒面,有三种调味包,但无配料,吃起来有点寡。

第九名也是印度尼西亚的,叫Eat & Go,有五包调味料,属于汤面。

第十名是杯面的新贵,也是日本Acecook研发的,叫Oh! Ricey。它是越南河粉,分牛肉和鸡肉两种口味。粉条已经做得像样了,味道我还嫌淡一点,洒一点鱼露,就更好吃了。

名单中没有韩国产品,我也不担心韩国人抗议,这是个人喜恶问题。韩国面像我们的上海面,没味道,不如加鸡蛋和碱水的面条那么有弹性,做成杯面,好吃得有限,这是Lienesch分辨不出的。我旅行时,行李中总有一个杯面,是睡不着时的最佳安眠药。

杯面万岁!

---

1. 稳稳阵阵:粤语,安安稳稳,很稳当。

冷食颂

中国人的饮食习惯,是食物要熟的才好吃,对冷菜冷饭印象都不佳,认为它们绝对不能用来招呼朋友,好像只能施舍乞丐。这点我不能苟同。

我一向吃得惯冷饭,就算一碗热腾腾、香喷喷的猪油捞饭,我也总是放在一旁,等不烫口时再吃。这个习惯或者是天生的,我从小就喜欢等饭凉了,浇点菜汁就吃。一直给母亲骂,也顽强不听。

长大后当穷学生,半工半读留学。在日本一住八年,日本人也吃冷的,我更如鱼得水。后来踏上电影这一行,一开始就当主管。饭盒来了,做阿头[1]的没有理由抢着来吃,让各个工作人员分完,见有剩[2],才轮到我,当然已经冷了。冬天,冰冻冻的食物最初还有点难以下咽,但肚子一饿,还讨论什么冷吃热吃呢?

在印度出外景时,地上铺上一张香蕉叶,供伙食的把碎得不成粒的粗米饭舀了放在上面,连咖喱汁也没有,只浇上胡椒水,

---

1. 阿头:粤语,上司,负责人。
2. 有剩:粤语,有富余。

当然饭也是冷的,就那么吃了好几个月。

在泰国拍戏时,虽有一个煮食团队每天做不同的佳肴,工作人员都用一个碟子装了饭,加上菜,拿到一旁蹲着吃,我也照做,但饭是冷的。回到中国香港,家务助理做好菜,我很自然反应地用个碟子装点菜,不在饭桌上,拿到客厅一角蹲着吃。家里人看了心酸,我倒觉得一点问题也没有,自己喜欢什么就做什么了。

渐渐地,发现只要食材够新鲜,冷吃也会吃出好滋味来。像河豚,冷了一点也不腥。潮州人的冻蟹也是一个很好的例子,大家都吃冷的。

就算是白饭,像五常米、新潟米和山形米,冷了会发出一阵幽香,那不是在热饭中能够闻得到的。细嚼之,吃出的甜味,也是另一种享受。

西洋人的头盘,也多数是冷的。像帕尔马火腿和蜜瓜、牛油果和螃蟹肉,以及各种沙拉等等,没有一样是热的。

还有冷的汤呢,用西红柿或绿豆熬出来的,冻了之后才有香味。

酒更是喝冷的。最好的花雕不必烫热，就那么冷喝最能感觉到酒的香气。日本的高级酒，像十四代，也都不煲，最多是喝室温的或暖的——日本人叫为nurukan。你一那么下命令，大师傅即刻知道你是老饕，绝对要好好招待。

寿司基本都是冷吃。一碗鲑鱼子和海胆丼，要是饭一热，就把食物闷熟了，还能吃出什么刺身的味道呢？饭团也基本上是冷的，包了一粒酸梅或者一点点鲑鱼碎，就那么啃将起来，有谁在乎热吃？

在日本，车站的便当叫作"驿便"，每一地区做出来的都不同，乘火车旅行的最大乐趣也在于吃驿便。每一地区的驿便都有特色，到了松阪站当然有牛肉便当；去了北海道多数是螃蟹便当；下关出河豚，就有河豚便当了。百货公司一年有两次便当展览，集合了全国的驿便。长年都有的驿便可在东京站、大阪站这样的都市车站买到，乐趣无穷，但都是冷的。

冷东西吃多了，总得有点热饮来暖暖胃。从前的驿便配着一个陶器茶壶，壶中放茶叶沏着热茶，免费赠送。后来这种手工陶壶已成为奢侈品，就用塑料茶壶代替，茶叶也不是散的，以茶包代替，风味尽失。

在韩国，所有的泡菜都是冷的。餐前供应十几二十样小菜，是韩国餐的特点，我最喜欢吃了。有时候还"变本加厉"，在冷面中加几块冰。而最好的冷面来自寒冷的朝鲜，证明冷食不一定在炎热的夏天才好吃。

日本人有他们的一套说法，他们一年四季都喝冷冻的啤酒。夏天喝，他们说："热死了，喝杯冷啤酒！"冬天喝，他们说："干死了,喝杯冷啤酒!"

回头说中国餐的冷菜,那简直是一个广阔天地,无奇不有。我爱吃浙江人的酱萝卜、鸭舌、马兰头、酱鸭、羊羔冻等等。大闸蟹上市时,做出来的酱蟹更是天下绝品。那种蟹膏的香味,是让人要吃到拉肚子才肯放下筷子的。枪虾和血蚶,更是我的至爱。

所有的冻类食物我都爱,像冷藏后的葱烤鲫鱼的鱼卵、鱼啫喱,猪脚冻,等等,也忘不了闽南人的土笋冻。

上海人还有一种失传了的鱼冻,它是用网袋装着九肚鱼和切碎了的雪里蕻煮了之后挤出鱼汁来,再拿去做的冻,好吃得不得了。

广东菜的冷食更千变万化,已不可一一枚举。他们做的烧金猪、烤乳猪当然不可冷吃,一冷了皮就不脆了,但是烧腊店里的半肥瘦叉烧,冷了更有一番滋味。

潮州人的鱼饭基本上都是吃冷的,蘸了普宁豆酱,就那么吃,鲜美至极。冻蟹更是受欢迎。

赞美所有的冷食物,任何冷的我都喜欢。对于冷的东西,我不喜欢的,只有冷言冷语。

闲谈酱料

食物一不咸,就不好吃了。西方人拼命撒盐,我们用豆来增加盐的香味,结果就有了酱油。

酱油有很多种,中国广东人把色浓的叫为"老抽",淡的是"生抽"。南洋人称前者为"豉油",后者为"酱青"。去到中国北方就不分别了,他们点醋多过用酱油。到了餐厅请侍者来一点酱油,拿出来的也是黑漆漆的咸水,并不那么讲究。

日本人酱油也用得多,吃寿司时一定要蘸,用的是壶底的那部分,他们称之为"溜"(tamari),较浓,带天然的甜味。一般家庭用的,则只是大量生产的"万"字牌酱油了。这种酱油也有好处,那就是用来煮东西时,不会发酸。吃拉面是不加酱油的,所以你到拉面店,桌子上看不到酱油。

除了一般酱油之外,中国台湾人还点酱油膏。那是加了粉和糖处理成的一种调味品,非常浓,用来点灼熟的东西特别美味。通常以西螺地区出产的最佳,购买时请认清是瑞春酱油厂的正荫油,指定是"梅级"的方为上选。

接下来就是醋了。没有酸味的刺激,胃口也不振。尤其是以

醋为饮品的镇江人,更是不可一日无此君。任何谷类或果实都能够制成醋,还有一句"酿酒不成便为醋"的古话呢。最基本的应该是米醋吧?意大利人也注重吃醋,桌子上必有橄榄油和醋。他们讲究吃陈醋,一小瓶古董的,卖价比金子还要高。

辣椒酱是中国四川人和南洋人的命根。其实墨西哥人也吃辣,美国南方人亦好,所产之小玻璃樽辣酱TABASCO风行全球。印度反而没什么辣酱,东南亚的花样多,加盐、加糖、加醋的都有。

近年兴起的是XO辣酱,连西方名厨也惊为天物,将它纳入菜谱之中。大家都承认它是中国香港人的杰作,也有人说是半岛嘉麟楼最先做的。但我们都知道,它是由导演朱牧先生的太太韩培珠原创的。当年她做来送朋友吃,从不公开她的秘方。后来大厨纷纷抄袭,但做出的酱味道远不如韩女士的,我们幸好是有福气尝到原版的那一群。

很多人以为中国北方人不会欣赏鱼露,但虾油是他们吃涮羊肉时的重要作料之一,那也就是鱼露的一种。在中国南方,潮州人最爱用鱼露,他们移民到南洋,把这文化带到泰国,鱼露也更成为越南的国食之一。

原来日本人也用鱼露,秋田的 shyotsuru 最有名。它是用一种叫 hatahata [1] 的鱼腌制的。市面上也有用各种鱼浸出来的鱼露,其中用甜鱼"鲇"(ayu)做的最受欢迎,九州岛产的居多。

西方的酱料影响到中国菜的是 Worcestershire sauce [2],名字太长,通常我们叫为"喼汁"。它由 LEA & PERRIN 厂制作,这家厂从前是家药水店。这个酱原来是用麦子做的醋,做完放置多年没人来取,厂家刚要把这桶东西丢掉时拿出来一试,味道好得不得了,从此闻名。中国菜中凡是炸出来的东西,都可以点这种喼汁,师傅们还把它用到各种菜式里去。在日本,吃炸猪排蘸的酱,也是由这个西方酱汁演变而来的。

ketchup [3] 这个词,西方料理专家都认为是中国福建人发明的,马来人也用了,后来又传到西方去。ketchup 已成为美国人不可缺少的一种酱料,吃热狗非加它不可。其实它是大量生产的,加了很多薯粉、糖和醋,与意大利人做的天然番茄酱截然不同。ketchup 这个名词留在印度尼西亚人生活中,变成浓酱的代名词,他们最爱淋的甜酱油,就叫 kecap manis 了。

热狗中的另一种酱就是芥末酱,但美国人用的芥末酱不呛鼻,又带甜。芥末酱原产自英国,品牌是 Colman's,我们都很亲切

---

1. hatahata:日语罗马字,叉牙鱼。
2. Worcestershire sauce:英语,辣酱油,伍斯特沙司。
3. ketchup:英语,番茄酱。

地叫它为"牛头牌"。芥末酱也被用于各种中菜。广东人餐桌上必有红色辣椒酱和黄色芥末酱，还把优待客人叫为"免茶芥"。至于闻名于世的法国第戎（Dijon）芥末，却是非常温和的。

奶油酱（mayonnaise）基本上是用蛋黄、橄榄油、醋，加上甜椒、盐、芥末和糖做成的，吃沙拉时已少不了它。将薯仔等蔬菜和水果小方块加奶油酱拌得一塌糊涂，就是我对沙拉的印象了。粤菜的炸物也用奶油酱，台湾地区的人也爱吃，青竹笋上淋了奶油酱，特别有风味。

真正老饕爱吃的奶油酱叫aioli，西班牙的加特兰人做的最正宗。他们先把大蒜捣碎，直接在臼子中加蛋黄和橄榄油，仅此而已。做aioli时一定要沿顺时针方向捣拌，将橄榄油缓缓加入。家庭主妇做这种酱料最为拿手，但传统是她们不能在月事期间做，认为那样会发得不够均匀。用aioli来煮海鲜或肉，就那么配面包下酒也行，好吃得不得了。

当今酱料已发展得愈来愈丰富和复杂，甚至可以代表一个国家的菜。像用山葵（wasabi）加奶油的，就是日本菜；用大蒜辣椒酱加泡菜汁的，就是韩国菜；用冬荫功料拌出来的是泰国菜；用宫保鸡丁酱做的当然是中国菜。

我喜欢的酱菜

你可以讨厌韩国kimchi（朝鲜泡菜）的味道，但不得不承认它很有个性，爱与憎分明，而且风行世界。当今食物研究者都知道它很有营养，对身体有益，能杀菌和预防疾病。

好笑的是，你去到韩国的中国餐馆，他们也要奉送一碟kimchi，韩国人不可一日无此君。

kimchi一直没有对应的汉字，当今韩国很依靠来自中国游客的收入，觉得不为之取个中文名不行，于是叫它为"辛奇"。辛字念sin，怎么叫也叫不出一个kim来，不知是以什么理由命名的。我自己从很久以前就叫它为"金渍"，韩国人姓金的也多，我自认很有道理。

我最爱吃韩国泡菜，当然不限于白菜、萝卜、青瓜等等，韩国人什么蔬菜都可以"泡"，也不一定是辣的。泡菜也有干湿之分，浸在汁中的泡菜种类极多，吃完菜就将汁当汤喝。

榨菜是用大头菜腌制的，爽爽脆脆，带点辣，受到世界各国人民喜爱。因为产自中国四川，人们干脆就叫它为"四川菜"。中国台湾人也做，他们的不那么咸，加了点糖，也很美味。我家

里会把台湾四川菜去掉皮,只取其中心最软的部分切成丝,再和浸软后拆散的江珧柱一块用油炒了,放入冰箱。这是一道极美味的小菜,随时可食,送粥、送饭皆宜。

中国广东人喜用青萝卜和胡萝卜来煲牛䐢[1]汤,我家煮时下几片四川菜下去,便能把味道吊起。我爱吃的上海油豆腐粉丝,加点四川菜,令人印象尤深。

酱菜的原料,一定是在生产过剩时拿来利用的,萝卜就是一个例子。走到日本乡下就能看到农夫们搭起了一个木架,用来晒用盐腌制的萝卜,就那么简单。

复杂一点就把萝卜放进木桶中,加盐之后,用一大块石头压在木桶盖上,泡渍一两星期就变成他们每一顿饭必有的萝卜酱菜。

---

1. 牛䐢:粤语,牛腱子。

最美味的萝卜酱菜，还是一种将萝卜插到酒糟之中做出来的，叫为bettaratsuke，甜而不腻，清爽得很。单单用这一味来下酒，我就满足了。

洋人最爱吃的酱橄榄我并不十分欣赏，只爱嚼一嚼它。酱橄榄就是喝dry Martini[1]时，杯中放的那类巨大又带核的东西。在欧洲旅行时，总在餐桌上看到一碟，青绿的、青黑的，还有红的。等菜上桌，无聊时才吃他一两粒。每次吃完都后悔，觉得难以下咽。

德国人泡的包心菜sauerkraut[2]也同样难吃。但是吃他们的那么大的一只咸猪手，非有一点菜来送不可，这种泡菜加了芥末，也还是吃得下的。

热狗里面没有酱青瓜就不成样了。青瓜用盐水泡过，发酵之后酸酸的，也不是一种什么美味的东西。

我家自制泡菜，最拿手的还是大芥菜。去掉芥菜所有老瓣，只取其芯，切成块状，用盐揉之去水后置于玻璃瓶里，加大蒜瓣、糖和一点辣椒，最后淋上鱼露，泡一天就可以拿来吃。到了天气冷、芥菜肥时，我家的厨房中就不断有鱼露芥菜，送友人，也没有不称好的。记得许鞍华试过，相信她至今也难忘吧。

潮州人的咸酸菜也是一绝，就那么拿来送粥也行，做菜时可搭配猪肚来熬。所有粗糙的海鲜，如魔鬼鱼、鲨鱼和海鳗等，加咸酸菜一煮，都可除掉腥味，非常好吃。

到了北京，我最爱吃的酱菜是芥末墩。这种菜一吃攻鼻，眼泪都流出来了。当今普通的馆子做的，都难以下咽。你要吃的话，

---

1. dry Martini：英语，纯干马提尼酒。
2. sauerkraut：英语，德国泡菜。

可到北京香港赛马会的面吧去,他们做的芥末墩你一试就会上瘾。我试着把这道黄色的泡菜"移植"到家里,加韩国辣酱泡成红色,用日本山葵渍至碧绿。红黄绿三色芥末墩,芥末一样,但味道不同。

印度人的酱杧果叫chutney,酸死人、辣死人、咸死人,但是非常开胃。到了印度餐厅,看到最先上桌的酱杧果,必吃一点。当今这种文化已影响到英……大英帝国殖民地,chutney这一名词已变成代表所有……的酱料,包括果酱。

我家的另一道菜用……买一大把回来,浸水,将之横切成细丝,备用。另……量的蒜头,再下泡过的虾米,加糖炒至闻到香味,……里蕻放进去一块炒了。若太干,可添一点泡虾米的水……就可上桌。这也是我最爱的。

生活在南洋的……东南亚的泡菜。其中做得最精彩的是印度尼西亚……r,原料有青瓜、菠萝,以及青、红辣椒,用椰油……加糖和盐,吃时下大量的花生碎。这道甜酸苦辣……百食不厌。各位去旅行,不妨试试,包管你吃上瘾。

水

从小,我就没直接喝过由水喉流出来的水。

首先,蓄水池的水不够干净;再者,水管老化生锈,只流出黄泥颜色的水来。记得奶妈会缝一小布袋,将它绑在水喉口。一两星期后布袋就变色,马上得换新的。

就算是过滤过的水,大人也不让我们直接喝,一定要煲过,等水凉后装入玻璃瓶中,再用个杯盖之。玻璃瓶用久了,底部的沉淀物愈来愈多,有时还会长出些幼毛来。当今想起来感觉十分恐怖,但当年大人说不要紧的。

这种情形之下的水哪里讲得上好喝,我们口渴了不是喝可乐,就是学爸爸饮工夫茶。家父对沏茶水的要求是极高的,一大早就要叫我们四个儿女到花园中采集露水,我们忙个半天,也收不到一杯半瓶。

一直不知清水的味道,直到去了日本。小公寓房中连冰箱也没买,但一开水喉,流出来的水是冰凉的,清澈无比,还能喝出甜味来。

"这是什么水?"问人。"地下水呀!"回答道。

原来大地上的水渗透到地底，经沙石和火山岩过滤，蓄在地下的一个空间里，人们再放一根管下去把水抽出来，就是地下水。如果附近有火山加热，那么喷出来的，就是温泉了。

当年还不知道浪费，买了水果就放在水喉下冲，冲久了苹果、葡萄都变得冰凉，更好吃。大家都那么做，就不知道节约用水了。半世纪下来，东京的地下水被抽光了，大家只有买瓶装水来喝。

在香港定居后，最早买的是崂山矿泉水，有咸的，也有淡的。它的广告词句，相信很多老香港还记得。一箱箱地买，由裕华百货送来。为什么知道崂山水好喝？大醉之后醒来，喝口煮沸过放凉的自来水和一口矿泉水，就明白前者一点味道也没有，而后者是甘甜的。

大地的水已受污染，从此和矿泉水结下不尽的缘，走到哪里，都要买来喝之。而瓶装的所谓蒸馏水呢？我最讨厌。它不但毫无味道，而且什么物质都被蒸馏滤光，拿来浇花，花也会死去的。

崂山矿泉大概也被抽得干枯了，产品很难买得到，用什么代替呢？只有随处都能购入的依云（evian）了。它的确润滑带有甜味，和其他矿泉水一比，即刻喝出分别。像同样是法国产的富维克（Volvic），就平淡得多，也喝不出甜味。

在外国旅行时，西餐腻而令人生厌，只有喝有气的矿泉水来解闷。喝的最贵的是法国的巴黎水（Perrier），它被美国加州人奉为"水中之香槟"。好喝吗？一点也不好喝，尤其是柠檬味的。各位不信，可与崂山的有气矿泉水一比，就知输赢。

说到有气矿泉水，首选还是意大利的圣培露（S.PELLEGRINO），它让人一喝就产生一种满足感，这是别的有气矿泉水没有的。去到法国餐厅，叫一瓶有气的水，摆架子而无实际的餐厅会给你Perrier。但真正好的法国餐厅，对意大利的有气矿泉水还是俯首称臣的，一定会给你S.PELLEGRINO。你走进一间法国餐厅，他给你这一瓶，就是信心的保证了。

在欧洲的食肆一叫水，侍者即会问："Con gas, sin gas?"那就是有气和无气之分。如果不想混淆，没有气的叫spring water（泉水），有气的叫sparkling（气泡水）好了，就不会弄错。

亚洲的矿泉水，除了日本的，都不十分可靠，有的甚至会用自来水来冒充呢。我劝诸君，还是喝啤酒稳当，要不就来瓶可乐吧。

而日本是例外，政府的检测严格，绝对不允许商家乱来，各种矿泉水都有一定的水平。至于哪种最好，我有一群专门研究喝茶的朋友，他们试过几乎所有的瓶装矿泉水，都一致认为北海道的"秘水"是天下第一。

当今韩国饮食崛起，市面上出现了不少优质的矿泉水，如韩国蔚山广域市的思帕光。试过了，对不起，虽然我是韩国大粉丝，也不觉得有什么特别。

反而是很容易买到的斐济维提岛的FIJI好喝，天涯海角的产品，没有受到太多的污染，信得过。

友人住加拿大，说冰川的矿泉水大把，又是几亿年的冰块融化的等等，问我有没有兴趣做代理，有不断的货源可以供应。我即刻摇头拒绝。

要知道，生产一种矿泉水所需的资本是庞大的，不是水值不值钱的问题，而是需要一大商业机构来大力推广，所花的广告费是惊人的。一旦商品可以进入市场，又有资金被压住的风险，有很多百货公司会大量地取货，但又交不出钱来。

喝威士忌，如果不是单一麦芽的，而是混合威士忌，是可以加冰掺水的，那更需要一瓶好矿泉水了，不然就浪费掉整瓶酒了。就算是单一麦芽的佳酿，也可以滴一两滴佳泉进去，把气味打开。卖威士忌的地方会给你一根吸管，像小时候喝药水用的那种，把一头的橡皮球一按，就能吸出几滴水来，甚是好玩。

活在当下，什么都可以省，水不能省吧？趁还能自地下挖出干净的水，多花一点钱，买瓶信得过的水吧！

鱼卵与鱼精

小时候家里斩鸡,爸妈对我宠爱,必将鸡腿夹给我,我感到对不起姐姐哥哥,极少去碰。但见到鱼卵,我就老实不客气地独吞了。

长大后,到卖潮州糜的档口,但凡看到有鱼卵,必点来吃。卖的鱼卵多是鲳鱼的,和母鱼体形一样,平平扁扁的。也有西刀鱼或鲈鱼的卵,像根雪茄。

来到中国香港,听广府人叫鱼卵为"春",原来是因为春天是交配期,此时有各种鱼的春,海里的种类多,淡水鱼的春也不少。在朱旭华先生家里吃到的上海葱烤鲫鱼,有点鱼冻,更有大量的春,好吃至极,我至今念念不忘。

单独以鱼卵为主的菜,大多是蒸出来的。煎的话,鱼卵很容易散开,吃起来不方便。但鱼卵要煎才香,那么最好是先蒸熟后,再加小红葱头爆之,滴几滴鱼露,特别美味。

刚到日本时,半工半读,过着苦行僧般的留学日子,当然吃不到什么高价的鱼卵。家父来探我,带我到餐厅,叫了一客柳叶鱼(shishamo)。上桌一看,鱼肚子里胀满了鱼卵。他对日本

美食的知识了解颇深,都是由看小说和随笔得来,我望尘莫及。

身体的肉太硬是不吃的,只把柳叶鱼的肚子一口咬了,细嚼之下,那种香甜,无法以文字形容。后来,这种鱼因海洋污染和拖网捕捞,在日本近于绝种。当今吃到的多数来自加拿大,体形较粗,卵也多,香港人称之为"多春鱼",可是一点也不好吃。偶尔在小食堂中找到日本野生的,留下不少的味觉回忆。

有些鱼卵一咬进口就觉得爽爽脆脆,香港人吃到了就说这是螃蟹的子,其实是属于有翅膀的飞鱼(tobiuo)的。

还有一种爽脆带硬的鲱鱼卵,结成黄色的一片片,是日本人过年时必食的。在市场中也很常见,买了回来一吃,发现咸得要命。原来这种被称为"数之子"的鱼卵,一般以重盐渍之,得浸清水过夜才能吃。那时味已淡,再用鲣鱼汁煨之才美味。高级的数之子,是产在昆布两面的鱼卵。把鱼卵连同昆布一起切成长方形小片吃,两面黄中间绿,初试的人都不知道是什么东西。

在日本早餐中常出现的明太子,是把鳕鱼的卵染红来吃的。韩国人还加了辣椒,更下饭。还有鲑鱼子,如果是新鲜的则不必盐渍,一点也不咸,鲜甜得很。

更高级的当然是乌鱼子,形状像唐朝时由中国传过去的墨,日本人称之为"唐墨"。很多人还以为乌鱼子只是中国台湾盛产,其实希腊人、土耳其人也很爱此味。意大利人更把它拆散了铺在意粉上,那是甚为流行的一道菜。

说到台湾乌鱼子,哪里的最好呢?生产最多的是高雄附近的旗津,那里的所有乡村都在做,还有很巧手的工人会修补破烂了的黏膜,与从前的补丝袜异曲同工。

如果说乌鱼子是鱼卵中的黄金,那么鲟鱼子就是钻石了。一般的鲟鱼子都很咸,吃不出鲜味。伊朗的最佳,刚从鲟鱼腹中取出即刻腌制,盐下得太多会过咸,下得少又会腐烂,当今世界上也只剩下四五位技工拿捏得刚刚好,不贵也不行了。

鲤鱼肥时,街市的小贩会把鱼肚子一按,看流出来的是鱼卵还是鱼精。流出鱼卵的便宜,流出鱼精的身价贵了许多,这代表鱼的精子是比卵子更美味和珍贵的。

一般人都不会欣赏鱼精,尤其是女性,有的还觉得恶心。可是一旦爱上鱼精,便会不断地找来吃。

在寿司店中较为常见的是鳕鱼的精子,雪白雪白的,蜷曲成一团,略淋上点醋便能吃,口感黐黐黏黏,比煮熟了的猪脑好吃百倍。当然是春天产量最多,用来送清酒,一流。

天下极品,则是河豚的精了。在《入殓师》一片中,殡仪馆老板将它当宝一样,在炭上烤了来吃,没试过的人看了也心动。

河豚精日语称为"白子"。在高级河豚店中,一客河豚精小小的一块,也要卖到四五百块港币。刺身固然好吃,但用喷火枪略略一烤,异常鲜美,而且一点也不觉得腥气。女性们试了一点,也即刻吃上瘾来。

河豚店里,除了河豚翅酒之外,还卖白子酒(shirako sake)。把河豚精打散,放在杯底,再用煲得很热的清酒一冲,就那么喝,不羡仙矣。

至于河豚鱼卵,就连有数十年烹饪经验的师傅也不敢做。河豚的卵巢含剧毒,但也可以吃,全日本也只有石川县金泽市的一两家店会做。他们把卵巢用盐腌渍一年,再加公鱼汁和酒饼进去,让它发酵两年,让毒素完全清除。这是一门濒临失传的技法。有机会吃河豚卵,不能错过。

近年,鱼卵、鱼精已被视为胆固醇的结晶,食客敬而远之,在菜市场中卖得极为便宜,有些档口你买鱼时还会奉送。我们这些喜爱的,嘻嘻笑偷偷吃,不告诉人,免得涨价。

咸酸甜

吃饭时觉得味寡，非来点咸的不可。这种东西本来应该归于泡菜类，但也有小公鱼等，不完全是素的，也不一定用盐来腌制，潮州人称之为"咸酸甜"，较为恰当。

代表咸酸甜的，是马来人的泡菜，叫 achar achar。把黄瓜、豆角、菠萝、高丽菜、胡萝卜切成条状，黄瓜、高丽菜盐腌脱水，其他略余。小洋葱、辣椒干、香茅、南姜、韭黄、虾米碎、叻沙花、石栗和芫荽籽加烤香的马来盏，用石臼舂碎。热锅加油，倒入食材以文火不断耐心兜炒，直到闻着香味，拌入芝麻和花生碎，用盐、糖和罗望子汁调味，就能做出咸酸甜的味道来。

最近我吃得较多是虾米雪里蕻，很容易做。先到菜市场买雪里蕻，可以多一点，将它浸在滚过放凉的水中至少三小时，取出，切得能多细是多细。另一边厢，发上等虾米，将大量的蒜头用刀背大略拍拍，最后把一两根指天椒切成小圈。

食材准备好了，就可以开始炮制：油下镬，待冒烟，放入大蒜爆之，这时可以下虾米和雪里蕻下去炒，须勤力[1]。如果太干，

---

1. 勤力：粤语，用功，努力。

则可下一点浸虾米的水下去。加白糖，试味。如果雪里蕻浸得过久，咸味尽失的话，那么可以滴鱼露，再试味。总之，第一次做的话，都要试到你自己中意为止。最后，下指天椒，大功告成。

这一道菜已炒干，放入冰箱后可以随时拿出来吃，不会因有水分而发霉，能贮放甚久，送粥、饭、酒皆宜。

另一道是榨菜瑶柱。去南货店买一个四川榨菜，洗净揉干后切丝。再买一个台湾榨菜，不咸、带甜的，也切丝。两种榨菜混合在一起，味道才能中和。

榨菜准备好后，到海味店买江珧柱，大粒的才好，也没必要买价高的全粒的，碎块的就可以。江珧柱浸水后发开，再撕成丝，和榨菜丝一块炒，炒至水干就能吃了。如果嫌太咸，可加白糖。炒好后用塑料盒装起，可以随时拿出来吃。

做好要立即食用的是酱萝卜。这一道菜天香楼做得最好，模仿杭州菜的馆子也照做，但怎么做都没有天香楼做的味道。这不是什么高科技，不够勤力而已。

我们可以自己泡，再简单不过了。先买白萝卜，切片，用盐揉一揉。早上做，中午就会泡出很多水分，将水倒掉，就可以加糖去揉了。过一会儿，放一点五香粉，添一两颗八角，淋生抽，泡到晚上就能上桌。

但这道菜要吃新鲜的，放在冰柜中一两天没问题，超过了就不好吃了。天香楼的那么美味，也全靠每天一早就做一份，现做现吃。

鱼露泡芥菜选的是大芥菜头的芯，切片后加蒜头、糖、鱼露和指天椒泡之。我那篇《蔡家泡菜》中有详细的做法，在这里就不赘述了。

最近我还试做过朝鲜泡菜。就是买一个巨大的韩国水晶梨，如果找不到可用日本二十世纪梨代替，把梨的中间挖出一个洞来，再把韩国泡菜塞进去。挖出来的梨肉也不必浪费，可以切成丝一块腌渍。因为我们泡白菜永远不如韩国本地人做得好，可以不必自己花功夫，买现成的好了。这道菜本来要泡上一年半载才入味，但是我没那么多时间，泡个几星期就拿出来吃，也比韩国泡菜好吃得多了。

泡个两天就能上桌的还有北京人最拿手的芥末墩，本来的方法是用大白菜的芯，揉以黄色芥末和糖，非常美味。这道菜放在冰箱内冻过更好吃。

变化出来的是这样：用同样的方法，加日本山葵和糖泡白菜芯，是绿色的；加韩国辣椒酱和糖泡白菜芯，是红色的。做出的

"三色墩",又好看又好吃。还有一个小秘诀,那就是把大蒜切成薄片夹在白菜叶中间,味更浓。这也是因为我特别喜欢大蒜,不爱吃的免了。

相同原理,我还用白木耳去泡。把白木耳发了,滚水之中拖一拖,然后可以做出一朵朵三种颜色的泡菜花来,非常悦目。但木耳无味,可以泡前用白醋揉之。

另外几种小吃用芝士来做。到 city's super 去买一盒意大利的软芝士 mascarpone[1],选 Galbani 牌的好了,再到日本食品部买一罐海参肠盐渍的酒盗[2],把两者混合,放在小饼干上面,送进口下酒。真如日本人说的,可以偷酒喝了。

长条的羊芝士,吃上瘾的话就觉得愈臭愈好,但是闻不惯羊膻味的,可以把这种芝士炮制了:买一盒日本味噌,挖一长方形的洞,把整块芝士塞进去,腌渍两三个星期,拿出来送酒。你会发现那么一大块芝士,一下子吃光。

上次去莫斯科,在菜市场中看到他们的泡菜,林林总总,数不胜数,也不一定用蔬菜,水果也能泡。他们只用盐水,自然发酵出酸味来,味道虽然不错,但单调了一点。我用酱油、鱼露来泡,如果不够酸甜,可加白醋和糖。也能加蚝油来泡,像高丽菜泡醋和蚝油,就和他们的完全不同。再向韩国人学习,他们在菜叶之中夹上鱼肠,我们可以用小只的生蚝代之。

总之,一旦让想象力奔放,又会是另一个味觉世界,吃不到,想想也开心。

---

1. mascarpone:英语,马斯卡普尼干酪。
2. 酒盗:日语,盐渍生鲣鱼内脏。

谈粽子

又到吃粽子的季节了。朋友送的、自己包的，各地的名粽，吃个不停，吃到腻。吃到再也不能吃了，再也不想吃了，到了明年，粽子又出现，又会吃个不停。

什么地方的粽子你最喜欢？当然是你生长的地方的。小时候的记忆，影响了你的一生。我是潮州人，我爱吃潮州粽子。潮州粽除了肥猪肉的之外，还有豆沙的，又甜又咸。北方人一听："什么？甜的粽子怎么吃得下去？你们这些人的口味很古怪呀！"

这一来，就要吵架了。谁说你们家乡的粽子不好吃，谁就是敌人，非得"置他于死地"不可。这是深仇大恨，故乡之耻呀，怎能不报呢？

我绝对没有这个情结。你不喜欢吃潮州粽，好得很呀。你们做的又是什么味道呢？让我尝尝。

这一辈子吃过不少粽子，可以总结一下。从广东地区开始，我喜欢的是东莞的道滘粽，它的原料很简单，咸蛋黄、黄豆等，重要的是包着一块肥猪肉。那块肥猪肉浸过糖水，用糯米包了，蒸熟之后，整块化在糯米之中，那种好吃法，只有你亲自试过才知道。

"什么？又是甜又是咸，难吃死了。"我的上海朋友一吃，即刻做出这种反应。

他们喜欢的嘉兴粽，包得长长的，有鲜肉粽、蛋黄粽，也有豆沙粽、蜜枣粽和栗子粽。甜的就是甜的，咸的就是咸的，从来不像广东人吃的那种又甜又咸。但你一批评嘉兴粽，又有一大帮人来"追杀"你。

从上海到杭州的路上，你就会看到不同的嘉兴粽。好吃吗？的确不错，尤其是新鲜包的，蒸得热腾腾的，一把粽叶打开，那种香味，是不能抗拒的。我必须承认，我非常爱吃。如果不是去上海附近，我也会从香港的南货店买回来吃，吃个不停，尤其是加了金华火腿的，百吃不厌。我虽属广东人，但我也欣赏嘉兴粽。

台湾地区各地的粽子都有不同的特色。台南有种粽子看不到米粒，台南人先是把饭制成粿，再包猪肉，叫为"粿粽"。

台湾人把粽子愈做愈精细。台北有一家专卖海鲜的餐厅叫"真的好"，他们不是端午节也卖粽子。他们的粽子包得很小，长条形，馅里有海鲜，是我吃过最好的粽子之一。下次你有机会去台北不妨一试，就知道我说些什么。

一般的台湾粽子深受闽南的影响，而到了泉州，他们有种五香粽，你非吃不可。肉馅之内放了五香粉，成为五香粽的特色。五香粽已传到各地的闽南餐厅，任何时间都能吃到这种粽子。

粽子传到南洋，马来人和中国人结了婚，成为峇峇娘惹一族，他们做的娘惹粽也带甜，但十分好吃。有些娘惹还用当地的一种蓝颜色的叫 Bunga Telang 的花，把米饭染色，变出蓝色的粽子，

中间包了加椰糖的椰丝,是甜粽子的另一种境界。

中国文化也影响到日本人,他们把粽子叫为 chimaki。早年日本的中餐馆都卖烧肉粽,一家叫"珉珉"的店卖的粽子最受欢迎。我们留学生一想念家乡,就去那里吃粽子。现在这家老店还在经营,我有时到东京,还是会去吃吃,味道好像没有从前那么好了。

日本人把粽子变化了,用竹叶来包,是粗大的那种,一叶包一粽。在北海道的札幌有家料亭,从前专做政客和有钱人的生意,有艺伎表演,当今经济衰弱,虽照样营业,但一般客人可以随时光顾,叫"川甚"(kawazen)。他们做的料亭菜非常丰盛精致,但让我留下印象的,是最后上的那个粽子。我们一群人去,有些人不会欣赏粽子,我都会把剩下的打包回来。翌日,大家去吃什么螃蟹大餐时,我空着肚子,宁愿回到酒店吃粽子。

不是所有产名粽的地方都有好吃的粽子。像肇庆，简直是粽子之乡，到处都卖，在那里一年四季皆能吃到粽子。我买了一个回酒店，打开一吃，尽是糯米，馅料甚少，不觉得有什么特别之处。问当地人，他们说这里旧时常闹水灾，乡民逃到高处，也就是靠吃粽子维生，主要是要吃得饱，馅少不是问题。

当今，生活条件好了，大家拼命推出高级食材的粽子，什么鲍鱼、鹅肝酱、鱼子酱，都包到粽子里面。用的当然不是什么溏心干鲍，而是大连产的，入口像吃树胶擦，难以下咽。

如果想吃高级的粽子，还是去澳门吧。那里有家甜品店叫"杏香园"，所卖的凉粉椰汁雪糕和白果杏仁等当然精彩，但最好吃的反而是他们包的咸粽子。里面除了金华火腿、咸蛋黄、肥猪肉之外，还有六粒大大的江珧柱，货真价实，真是豪华奢侈。

粽子的"粽"，我一向不喜欢用"糉"这个写法，好像吃了会从耳朵流出来，变成傻瓜一个。

要吃完所有粽子来比较哪一种最好，得花三辈子吧？有一点是确定的，世界上最香、最好吃的粽子，是你肚子饿到贴骨时吃的那一个，没有一个人可以和你争辩，那是天下最好吃的！

谈荔枝

应东莞农业局的邀请,我去替他们推广荔枝。我也不是乱接这些宣传活动的,只是吃遍岭南各地的荔枝,还是觉得东莞的最好,这句话数十年前我已经讲过。

当今乘车往广州,一路上都可以看到无数的荔枝树,年产量已达一百五十万吨了。这么多荔枝如何销售?果农已和淘宝网合作,将荔枝以最快的速度送到全国每一户人家的手上。物流的发达,令不可能成为可能,这是数年前还预想不到的事。

荔枝的品种有糯米糍、桂味、观音绿和妃子笑等等。妃子笑在每年的六月初就成熟,果大,近圆形或卵形,果皮淡红带绿色,果肉细嫩多汁,但始终带有点酸味,核又大。杨贵妃心急,一早想吃,倒不是吃到最好的品种。

苏东坡被贬去的惠州,所产荔枝据文献记载甚酸,他也能"日啖三百颗"。如果他老人家可以尝到真正的糯米糍,不知是否要吃三千颗才能将息。

妃子笑过后桂味就来了。桂味果皮鲜红,龟裂片凸起,尖锐刺手，中间绕着一圈平坦的，像一条剞[1]纹，很容易认出。广西也产桂味，有人说桂味是以该地为名的，但我们相信此名是因为它有点桂花香气而起。爱上桂味的人，就不喜其他品种，都选它来吃。

观音绿无甚个性。

说到荔枝，我最爱的还是糯米糍，不容置疑。它果大，皮鲜红色，最美，龟裂痕平坦，果肉饱满，核极小。有时候还可以吃到核扁的糯米糍，核薄如纸，一颗荔枝全是果肉。糯米糍要到六月下旬至七月上旬才成熟，得耐心等，吃到时非常满足。

当然有些荔枝是变了种的。路经果园，看到一颗大如苹果的，即刻下车向果农要来吃，发现肉硬而无味。当地人叫这种荔枝为"掟死牛"，"掟"系粤语，讲成普通话是"掷"的意思。

喜欢吃荔枝的人，一定吃个不停，但总被家长或老婆喝止，说："一颗荔枝三把火。"我小时候听到，总想：吃那么多颗，岂不把整间房子烧掉？才不管，一看到糯米糍，非吃他四五十颗不可，尤其是到果园亲自去摘的时候。

从树上采当然过瘾，但到达时，太阳把荔枝晒得温温暖暖的，再好吃也不爽。还是由果农在天暗时摘了，再放进一桶水中，把荔枝洗净后，加大量的冰块。一颗颗取来送进口，拿多了，手指冻僵，那种感觉也是过瘾的。

吃多了，脸长暗疮怎么办？这是女人最关心的事。民间存有种种偏方，说什么以毒攻毒，把荔枝皮拿去煲水来喝，就能解之。但要多少皮，煲多少水，煲多久呢？没有秘方。果皮上的细菌或幼虫，煲过了当然会杀死，但农药犹存，总是感觉不妥，我从来

---

1. 剞：粤语，刀刃与物件接触，由一端向另一端移动，使物体破裂或断开。

不会去那么做。

　　从前写过,吃荔枝也会吃出病来,是一种低血糖症。荔枝含有大量果糖,被胃吸收后必须由肝脏转化为葡萄糖,才能被人体利用。葡萄糖是好的,但果糖不能都及时地转化为葡萄糖,人体变成葡萄糖不足,毛病才会产生。医治的方法是糖上加糖,补充一些葡萄糖,就行了。最普通的治法还是喝点盐水。

　　荔枝还有一种品种叫"挂绿",一般产自增城。我也去过增城,看到原树被铁栏杆包围住,还挖了一圈壕沟以防人家来偷采。这棵树所产的荔枝当然轮不到一般老百姓吃,但每年也有所谓的接枝挂绿卖,价钱贵得惊人。有一老　是增城人,也常送些给我,两粒装,放在一个精美的盒子里面。好吃吗?一点也不好吃,还带酸呢!

　　这回到东莞,有人宴客,也把荔枝做成菜肴,铺了面粉炸出来,样子难看,我没举筷。吃过荔枝菜,有些是塞了猪肉碎蒸的,但不如塞虾浆的好吃，海鲜和荔枝的配搭是相当对路的。如果甜上加甜，用荔枝来做拔丝，也不错。

许多水果，盛产了，扔掉可惜，就装进罐头来卖，但都不好吃，不过荔枝是例外。罐头荔枝我一点也不介意，剩下的糖水也照喝不误。不逢季节时拿罐头荔枝来做果冻，也很美味。吃多了不会上火吧？

一年大造，一年小造，是荔枝的特性，让果树休息一下，大自然很聪明。大造时荔枝满山遍野，采摘的人工钱更贵，就不去管它，让它掉下，这多可惜。

如果农业部门能出奖金鼓励，将荔枝用科学方法保存，像苹果一样，就能一整年都有荔枝卖了。

更进一步，鼓励农民到澳大利亚去种。我们天冷时那边天热，冬天就有荔枝从澳大利亚运来。澳大利亚生产的荔枝最初不行，运到时果实的皮已黑，慢慢改进之下，当今的都还不错。如果用东莞人的技术去澳大利亚种，改良树种，让果实更红、更大、更甜，相信又是一大笔生意。

当今物流的发达，不但让中国各省有新鲜的荔枝吃，也可以把荔枝运到日本、韩国，甚至欧洲去。我当年在日本留学，看到银座最高级的水果店千匹屋有荔枝卖，虽然价高，而且果皮已变黑，但因为思乡，也去买来吃。在巴黎、伦敦的酒店吃自助早餐时，看到有罐头荔枝，洋人吃得津津有味。要是有新鲜的，那么他们连手指也要啜个干净吧？

想起唐朝当年，不知道要跑死多少匹骏马才能让贵妃吃到，也真可怜。

鳗与鳝

鳗鱼和鳝鱼怎么分呢？不是海洋生物学家，不必去研究。中国人依各地不同的叫法来定。

上海人把鳝切丝后用油来泡，上桌前把炸得蹦蹦跳的蒜蓉放在中间。这真正的炒鳝糊，当今已没有多少人会做了。

鳗鱼则指日本人的蒲烧用的。他们把肥大的鳗鱼去骨后片开，先蒸熟，再淋上甜汁拿去烤。鳗鱼的皮下面有一层很厚的脂肪，肥美得不得了。

鳗鱼，英国人通称为 eel，从前只有穷人才吃，做成肉冻，当成下午茶的点心，其实比有钱人吃得好。当今鳗鱼冻少人做，也卖得很贵，我偶尔在餐厅看到，必点。

做寿司时用的鳗鱼都是海鳗。日本人的规矩分得清楚，寿司店卖的全是海鲜，一切河鱼是不碰的。河鳗则要在专门的铺子吃，每一个城市或乡村必有一间，坚持用古法慢慢地烤。从前，我的东京办事处后面有一家，由一个小老头用一把扇子扇炭，发出来的烟熏得他眼泪直流，他还是不停地做，差点盲掉，看得人心酸。

到了夏天，鳗鱼铺外面必挂上旗帜，写着"丑之日"几个字。

天气热时吃鳗鱼来强精,这个风俗应该是在唐朝时由中国传过去的,我们自古以来就有"小暑黄鳝赛人参"的说法。

喜欢吃烤鳗鱼的人到了东京,可以去一家叫"野田岩"的老店,现在日本只有在他们那里还能吃到野生的。当今日本的鳗鱼,百分之九十九点五都是养殖的,野生的因环境污染,少之又少。

他们有大量的需求,就从中国大陆买鳗苗,在中国台湾地区养成小鱼,最后将小鱼放入日本的湖泊中养大。大家吃到的鳗鱼,到过好几个地方。当然,野生的鳗鱼和养殖的还是有分别的,只有老饕才吃得出。

日本的鳗鱼店中有各种品种的鳗鱼,愈肥大的愈贵,便宜的瘦得不得了。有些还是在中国的汕头烧了,真空包装运到日本,再烤他一烤上桌的。

鳗鱼除了用甜汁烤的,还有只加盐烤的,叫"白烧"(shirayaki),吃时撒上山椒粉,是下酒的好馔。还有鳗鱼的肝和肠,都很美味。他们也把鳗鱼肉剁碎了加进鸡蛋中,烧成鳗鱼蛋卷。

既然日本野生的鳗鱼那么珍贵,还是去韩国吃较为合算。他们那边吃鳗鱼的人少,湖泊中自然生长的极多。吃法是像日本人那样沾过甜汁,放在炉上烤,又有韩国人喜欢的沾辣椒酱的做法,价钱十分合理。

但是到了韩国,还是欣赏他们的盲鳝好了。这是一种深水海鱼,吃海草长大。因为不必找猎物,所以它眼睛也退化了。个子只有上海人吃的黄鳝那么大。骨头多的话怎么吃?他们是整条烤的。放入嘴中,才发现这些盲鳝骨头也像眼睛那样退化了,可以说是

没有骨头的,整条都是肉,富有弹性,又很甜美,非常好吃。

偶尔,在香港也能找到巨大的鳗鱼,广东人称为"花锦鳝"的。因为皮肤有花纹,所以它非常珍贵,那么一大条,要有人"认头"才能宰杀。吃的是那层又肥又厚的皮,头和颈的皮最多了,也卖得最贵,许多年前已要三千块一份。有人认了头,其他部位切成一圈圈的加大量的蒜头红烧,每客也要一千块。

小时候听到父母说,在江边抓到一条花锦鳝,就要敲锣打鼓,叫村里的人前来分享。当今我们这里这些大鱼当然被吃得绝种,在餐厅发现的,都是从缅甸等东南亚地区空运来的。鳗鱼的生命力强,不会在中途死掉。

潮州人很喜欢鳗鱼,做法也多。像用刀子切开,皮还连着,曲成一圈，用咸酸菜来炆。这也不过是雕虫小技，我见过一位大师傅做的，是把脊骨用力一拉，使整条鳗鱼反过来，肉包着皮，那才是空前绝后的做法，已不复见。

家母喜欢吃鳗鱼，她来香港小住时我常去菜市场买回来做给她吃。选最肥大的，用盐把皮上的潺去掉。鳗鱼头已切断了还活生生地跳动，把家中菲律宾家务助理吓个半死。洗干净后加枸杞子和天麻清炖给老人家吃，把汤上那层肥油小心去掉后清甜得不得了。当今老人家走了，我也很少再下厨做这道菜。

在外国旅行时，看到美丽的湖泊，里面的鳗鱼又肥又大，没有人吃。尤其是在墨尔本住的那一年，到那里的植物园野餐，都有把湖中的鳗鱼全捞上来的念头。

说到大，最大的应该是在南太平洋看到的鳗鱼。当地人崇拜鳗鱼，将它们在淡水中饲养。我见过几条三四米长的，小孩子们都抚摸它们，当成玩具。那年去塔希提岛，真想抓鳗鱼回来红烧，想必是天下美味。

在香港，从前有些铁板烧店铺，也把肥大的鳗鱼放在铁板上慢慢地烤。烤时用扁平的铁铲压着，令油流出来，略焦后，淋上甜酱，嗞的一声，传来阵阵的香味。后来再去光顾那家店，但大师傅已不再做了，可惜得很。想到此，有时间再去铁板烧铺子一间间地找，也许可以寻回那失去的味道。

鱼中贵族

最好吃的鱼之一,是七日鲜,其身扁平,属鲽鱼。鲽鱼种类甚多,根据眼睛的方向不同,也叫成"左口"或"右口";体积也各异,大西洋中抓到的,可达三百六十五厘米长、一百五十公斤重,当成刺身,可分给一千人吃。

七日鲜已被我们吃得快要绝种,剩下的还有方脷,也极稀少。方脷在市场中出现时,小贩叫住倪匡兄来买,吃鱼专家的他叫小贩把鱼翻过来看肚子。肚子洁白带粉红色的方脷才是正货[1];如果是带有黑斑的,蒸出来后会发现肉质粗糙,并且有渣滓。故看鱼,也要有慧眼。

倪匡兄一生吃鱼无数,几十年前我们到北园,大厨钟锦前来,说:"有一尾青衣,要还是不要?"倪匡兄皱起眉头:"杂鱼嘛,怎么吃?"

当今这些普通的珊瑚鱼也已经是宝贝了,就像平民也能选中当总统,古时的皇帝、皇后一个个地消失。海洋的污染是最大的原因。另外,正如环保广告所说的"没有购买,就没有杀戮",

---

1. 正货:粤语,即行货。

我们当然也不鼓励吃那些控制捕捞的鱼。

到日本料理店,当今大家都知道卖得最贵的是 kinki(喜知次鱼)。其产于北海道,天气开始冷时肥油就长出来,全身脂肪时最美味,翅边还带有半透明的胶质物,香滑无比。

刚刚捕捞的 kinki 才可当刺身,冷冻后只能做煮付了。煮付是日本人吃鱼的一种方式,用酱油、姜丝、牛蒡、香菇和大量清酒把鱼从生煮到熟,在最适当时收火。你会发现除了刺身之外,鱼用这种方法做最好,高手做起来,不逊我们的蒸鱼。

时间控制是数十年的功力,学来不易。我的改良版本是在锅中放清水、清酒、酱油,以及一点点的糖和姜片一起煮滚,这时将洗净的鱼放进去,肉一熟即食。边煮边吃,虽然吃相不佳,但这不失为最美味的吃法之一。

喜知次鱼是东京人爱吃的,大阪人则把喉黑(nodoguro)当宝。这种鱼很容易认出,翻开鱼鳃就能看到里面颜色全黑,故称之。和喜知次鱼一样,喉黑也是全身脂肪,新鲜时可当刺身,多数是撒盐后烧烤。

除了这些,日本还有一位鱼中贵族叫"金目鲷"(kinmedai),栖身于五百米的深海。捕捉当天吃的叫"地金目鲷",全身通红,五月下旬的最肥。伊豆稻取地区产的已成名牌产品,叫"稻取金目",有缘见到请即买即吃,天下美味也。

我们年轻时较为幸福,奇珍异种的鱼吃得较多,当年也没人反对,只要有钱就能买到。不鼓吹,只当成一个记录。

在日本吃到的"天皇"还是蓝鳍金枪鱼,它全身甜美,不必只吃肚腩。当年老饕还嫌 toro[1] 太肥,只是吃其他部分,颜色较深的那些。当自己是专家的人,看到 maguro[2] 就怕怕,以为是劣货。他们还没有吃过真正日本海附近捕捞的金枪鱼,当然不知其美。印度和西班牙的金枪鱼,除了腹部之外肉质粗糙不堪,又毫无甜味,只能当罐头卖了。

当年还能吃到鲸鱼。那么大,好吃吗?极为美味,尤其是尾部,日本人叫为"尾之身",其肥腴和甘美,是很难用文字形容的,食后方能理解日本人对鲸鱼的那种迷恋。

从二十世纪六十年代开始,香港人最崇拜的是老鼠斑。这种鱼全身白色,有黑色的斑点,嘴巴向上翘,有点像老鼠,故称之。二十世纪七十年代香港经济起飞后,老鼠斑再贵也有人买,结果你知道的啦,当然是吃得濒临绝种。当今在西贡或鲤鱼门的海鲜档中还能找到,卖为天价,但也不是正宗的,品种相似而已,来自菲律宾。

真正的老鼠斑,来自南沙群岛。倪匡兄这么形容:"肉质纤细,带着一股清新的味道,像沉香。"近年在友人家中吃到的,据说是东沙的老鼠斑,肉质是不错,但哪里有倪匡兄所说的那种气味呢?

1.toro:日语罗马字,金枪鱼的脂肪多的部分。
2.maguro:日语罗马字,金枪鱼。

早年到北京或上海菜馆，菜单上必有鲥鱼，四季都能吃到，虽是冻僵了运过来的，但也是天下美味。鲥鱼并不属于海鲜，而是生长在咸淡水交界处。富春江出的鲥鱼最为出名了。

当今鲥鱼也被我们吃光。餐厅里的鲥鱼多是南洋的品种，或者是用珠江三角洲的三泥假扮的，卖得也很贵，大家吃得津津有味。倪匡则认为那是腥味，不是香味。

好吃的鱼只有往河里找了，我们一起去了马来西亚。那里野生河鱼还是极多的，也不必吃什么忘不了之类的贵鱼，最普通的丁加兰、巴丁等也已经很美味，肚边的那层脂肪厚得不得了。它们会从河中跳跃而起，吃河边树上的果实。

喜知次鱼的洋名叫 bighand thornyhead（大手刺头），也许在欧美也能找到。但鱼再肥美，不会煮也不行。还是我们清蒸的技巧最高，不像洋人那样煎烤，又挤大量柠檬汁才能完成。他们那是当年吃到的鱼多腐烂，只有用柠檬汁来遮盖，遗留下来的坏习惯，再改也改不了。

我们蒸鱼要蒸到鱼肉刚刚好黐[1]在鱼骨头上。从前，老饕一看厨子把鱼蒸得过熟，就要翻桌子骂人，说他把好好一条鱼糟蹋掉了。

蒸鱼本事高的有流浮山的海湾，老板肥妹姐一有野生黄脚鱲就会打电话来，我们一群人即去品尝。黄脚鱲在厨房中蒸出来的香味，我们坐在餐厅中都能够闻到。一碟鱼捧出，有大有小，但每一条都蒸得火候刚刚好，这时感到不只鱼是皇亲国戚，我们也是贵族。

---

1. 黐：粤语，粘。

香云纱与伦教糕

我对香云纱这种传统的布料,有深深的迷恋,一到夏天,非穿它制成的衣服不可。

从小就看奶妈穿香云纱衣服。那衣服黑漆漆的,像很厚,又很薄,已经穿了不知道有多少年,皱处出现了褐色的条纹,愈来愈多,奶妈说得做新的了。

长大一点,看周围的叔伯也穿这种料子,已觉得老土,印象模糊,逐渐忘记。等自己也上了年纪,有个偶然的机会买了一件现成的香云纱衣服,大热天穿上后觉得整个人轻飘起来,凉风也阵阵透进。哟,这是多么美妙的感觉!

最近迷上长袍,冬天时方着。旧文人夏天也穿,手上一把扇子,见了面互相比较,扇面是哪个画家的作品,风雅到极点。

夏装布料,可选择的并不多,绝对需要极薄,否则穿起长袍来闷热死人。只有日本新潟的小千谷缩最适合,它用麻织,薄如蝉翼,冬天铺在雪地上让布料缩起来,以尽量让它少接触皮肤,这才让人有舒服的感觉。

而中国料子中,首选的也只有香云纱了。

为了买布，我去了一趟顺德。那里罕见地有一间香云纱厂，这种布料已成为当地的文化遗产。工厂负责人梁珠，人称"珠叔"，是仅存的香云纱技术的传人，在日本的话，他早已被封"人间国宝"。

"先吃饭，先吃饭。"珠叔说。

他带我去他们的私家厨房，广大的一片土地上种满了花和蔬菜，鸡鸭随地跑，池塘中养着鱼。已经很久没有吃过那么饱了，单单是用猪油煎的荷包蛋，我就一下吃了五个。

接着去厂房参观。香云纱的制作过程复杂得不得了，先把真丝的白布料煮过之后洗水、晒干，平铺于草地上，再用茨莨里的宿根液来浸，反复又反复。而最奇妙，也最吸引西方人的，是那道铺塘泥的工序。用泥土？谁会想到呢。

因为茨莨有丰富的胶质，所以粤人一直把香云纱称为"黑胶网"。黑胶网这个名字不好听，这布料到了上海人手上，改名成"香云纱"，即刻高级了起来。当今顺德的这家店也叫它"香云纱"了。

而"香云纱"三字又如何得来？这种布料最轻盈，外面那层硬胶令到[1]走起路来一摩擦，便发出沙沙的声音，又因被泥土浸成深褐色的那一面，颜色像香烟烟丝，所以它最初叫"香烟纱"，最后才更名为"香云纱"。

旧时海外华人都穿香云纱，其制作技术也传到了越南。香云纱在越南大为流行，越南少女都穿白衣和香云纱的黑裤，法国人一见，惊为天人。但香云纱的衣服始终没有好好设计，在时装界没有地位。

---

1. 令到：粤语，使，令，使得。

走到小卖部,有各种现成香云纱衣服出售,我要了两条裤子,跟着买布。一件长袍,标准的一百五十布封[1]的布,需四码半。香云纱的布封只有一百一十四,结果我买了五码七,高高兴兴地带回香港找裁缝做。当今已入秋,要到明年夏天才能穿上了。

既然来到伦教,不吃白糖糕怎行?白糖糕到处有,闻名的有江西白糖糕和广东白糖糕,是完全不同的两种美食。白糖糕数广东的伦教做得最好,后来就干脆叫为"伦教糕"了。

白糖糕的做法简单,材料也不过是黏米粉、白糖和清水。将黏米粉过筛,加入白糖和清水,顺同一个方向搅拌均匀。小火煮粉水,一边煮一边搅,米浆便会开始变得黏稠。加入酵母后便可用个竹箩,将箩反翻,上面铺白布,再把米浆涂上,放进大炉中蒸,即成。

说起来容易,家里哪来的那么一个大炉子,可以把双人合抱的竹箩放进去?要吃伦教糕,还是去伦教,而最著名的,就是伦禾园的梁桂欢白糖糕了。这家店老板叫欢姐,是位企业家了。

店子不在大街上,车子转弯了又转弯,若不是有新天成的伍小姐带路,还真的难找。终于在一个幽静的住宅区中看到,好大的地方,可以停泊数辆大巴士。欢姐的白糖糕店,已成为观光点。

店中又是大厅,又是院子,又是制作的地方,摆着些商品,又有好几张桌椅让前来欣赏的客人休息。我一向心急,一下子冲进厨房。

无数的木架子上放满一箩箩刚刚蒸好的白糖糕,即刻切下一块来送进口。呀,那种轻松的口感和阵阵的米香、微微的甜味,

---

1. 布封:广东一带的叫法,指面料的全幅宽。

岂是人间食物能有?

"什么?白糖糕不是带点酸的吗?"没有吃过真正的伦教糕的人一定有这种错误的想法。在中环街头买的白糖糕,的确是带酸的。但是伦教的,只有甜,一点也不酸。

在番禺开滋味粥店的好友王伟,餐厅里也卖白糖糕。他说自己厨房怎么做也做不出来,只有从欢姐那里进货。是的,欢姐这家店,门面做的游客生意只是一小部分,她批发出去的分量,才是惊人的。

"没有秘密。"欢姐说,"做法一样,一代传一代,把白米磨好后加清水和糖而已。制作要经过微微的发酵,而我们的酵母,就是上一次制作时剩下的一点点米浆,我们叫为'种'。没有这个种,是做不出来的。"

御田（oden）

　　各地的日本料理店开得通街都是，起初什么都卖，刺身、天妇罗、铁板烧、乌冬、拉面，应有尽有。对日本烹调有点认识之后，一看就知道不正宗。日本人做事都很专一，一种料理做得好已不容易，哪会什么都有？

　　渐渐地，各种日本料理已分开类别，卖鱼的卖鱼，卖肉的卖肉，一间店中没有烤鳗鱼和锄烧同时出现的。大家都做得很专，比较少涉足的 oden 反而在便利店里有得卖，当然是不好吃的。

　　oden 是一种平民化的杂煮，没有汉字，勉强对应上，应该是"御田"。从室町时代开始，日本人就有用木签插着豆腐，煮后加上甜味噌的吃法，叫为"田乐"。"田乐"这个名字是从种米季节祭神的舞蹈——田乐舞中得来的。

　　oden 的做法分东京式和大阪式。东京式的汤底用鲣鱼、浓酱油、砂糖和味酥，而大阪式的则用昆布取代鲣鱼。我们不求甚解，凡是这类食物都叫"关东煮"或"关西煮"。中国台湾地区的叫法更独特，称之为"黑轮"。这要用福建话来发音才能明白，"黑"亦叫"乌"，而"轮"则是 den，二字接起来，就成了"黑轮"。

最基本的食材有些什么？萝卜少不了，切成一个个的圆形大块，这是东、西共同的。关东煮的特色有：hanpen，一种鲛鱼加山芋擂成的鱼饼；信田卷，把肉、蔬菜、鱼饼蒸起来再炸的东西；鱼筋，是把鲛鱼的皮和软骨擂成球状再炸出来的；chikuwabu，有时用汉字写成"竹輪麸"，是以小麦粉加盐蒸出来的；satumaage，是用杂鱼做成长条状的鱼饼炸出的。

而关西煮的食材则以鲸鱼的各个部位为主：saezuri 是鲸鱼舌，鲸筋照字面，koro 则是指鲸鱼皮。hirousu，是用胡萝卜、牛蒡、银杏和百合的根部做馅，以豆腐包之，再炸的。hiraten 更有代表性，压成长方形扁块，小的叫"角头"，大的叫"大角头"；北海道人做的又大又厚，也叫"围巾"（mafura）。

一般客人喜爱的还有牛筋，以及叫为"春雨"的粉丝、卤鸡蛋等等。本身一点味道也没有的蒟蒻，用汤煮过后也有人吃上瘾。另有八爪鱼，和萝卜一起煮过，看样子很硬，吃起来就知道非常软嫩。

在日本国立国会图书馆中有幅一八五八年的画，从中可见小贩是扛着来叫卖 oden 的。到了二十世纪五六十年代，深夜的街道边还有档口。在冬天，客人坐下，烫了清酒，叫一两串热腾腾的 oden 来吃，味道和回忆，都非常温暖。

当今的 oden 都搬进店里了。东京最有名的老店御多幸本店，从一九二三年开到现在，地下是柜台式，二、三楼有桌子可坐，店长叫坂野善弘。店里很受欢迎的还有 tomeshi，是一碗白饭上加一块炸豆腐，淋上汤汁，只卖三百九十日元。

我到东京，吃厌了大鱼大肉后，很喜欢在寒冷的冬夜跑去这

家店,每次都满足地捧着肚子散步回酒店。这家店中午十一点半到下午两点、晚上五点到十一点营业,星期天休息,不能用信用卡。

在东京也能吃到关西煮,大多福从一九一五年营业至今,店主为第五代传人舨大工荣。这家店用北海道日高的昆布来熬汤,加上他们称为"白酱油"的生抽,味道浓淡适中。大阪的店多以鲸鱼为食材,当今东京人也有了环保意识,这家店也少采用了。

店就开在法善寺内,门口有个古老的大灯笼,上面有用毛笔写的"大多福"三个字。外卖的话,有个陶瓶给你装着食物,包括汤,很有怀旧味道。

大多福一般只在晚上营业,从下午五点到十一点。星期天和公众假期照开,时间为中午十二点到下午两点,晚上六点到十点。

到了大阪,最有名的是tako梅本店。它是日本最老的卖oden的店,由一七一一年营业至今。当今tako梅在大阪市内还有四家分店,本店最佳。

当然那里还有鲸鱼的各个部位可吃,但劝大家还是免了吧,不如去吃著名的八爪鱼甘露煮,一定会留下深刻的印象。

tako梅本店星期一至星期五只在晚上营业，五点到十一点半，星期六和星期天中午十一点半到下午两点半营业，全年无休。

　　去到京都，则有蛸长，它从一八八三年营业至今，最受文人墨客欢迎。我有一次到只园和艺伎玩了一夜，带她们去蛸长吃点关西煮。一走进店，就看到一个巨大的方形铜锅，里面整齐地摆着各种食材，一目了然。指指点点即可，不懂得日本话也没有问题。

　　附带一句，我们看到碟中的汤，一定忍不住来一口，但是日本人是绝对不喝的。吃oden点黄色芥末也是特色，"座头市"系列电影中，胜新太郎演的盲侠吃oden，拼命涂芥末，呛到眼泪都出来，令人印象犹深。

印度没有咖喱

一说到咖喱,就联想起印度。但是你去了印度,或到世界上任何一家印度餐厅,都找不到咖喱这道菜,他们分成 korma[1]、rogan josh[2]、aloo gobi[3] 等。印度人通常把各种香料舂碎了,加油慢慢煎出香味,再把鱼、肉或蔬菜加进去,煮至熟为止。

若一定要研究 curry(咖喱)这个名字的来源,那么也只有追溯至南印度。那里有种用香料做的酱汁,叫 kari。kari 是泰米尔语,一切可以下饭的酱,都以此称之。

curry 这个词是英国人创造的。葡萄牙人叫咖喱为 caril,写在他们十七世纪的菜谱中。英国人关于咖喱的文字记载早过葡萄牙人,在一五九八年已有。

我去了印度,一直追问他们为什么会发明咖喱,咖喱的出处在哪里。没有一个美食家或学者回答得出。直到在巴士上遇到一个吃着像咖喱饭的午餐的小子,他回答:"咖喱是防腐剂呀。"

---

1. korma:英语,一种用肉和奶油、腰果等做成的印度菜肴。
2. rogan josh:英语,印度咖喱(羊)肉。
3. aloo gobi:英语,一种用土豆、花椰菜等制成的传统的印度辣菜。

我才恍然大悟！印度百姓日出而作，日入而息。在那种炎热的天气之下，没有冰箱，家庭主妇做的菜一定会变坏。只有加了咖喱，才能保留到晚上。

小时候在新加坡的菜市场，也看到印度妇女在卖咖喱。并非当今的玻璃瓶装的咖喱粉，或者一包包即食的咖喱酱，小摊子卖的是原始的咖喱。

用一个大石臼，不是凹进去的那种，而是一块长方形的平坦的花岗石，另有一根两头尖、中间粗的大石棍，小贩把香料放在石臼上，双手用力推着那根石棍，一面将香料磨碎，一面放些煮熟了的豆子进去，再加水，反复数次。这么一来，就可以制造出香料膏来。

有哪几种香料呢？芫荽、孜然、芥菜籽、胡卢巴、罗望子、肉桂、丁香、小豆蔻、青辣椒和红辣椒。这些是基本，所有的咖喱都是由这几种香料变化而成的。

香料膏色彩缤纷，极是好看。客人来买，小贩就拿一块铁板，在香料膏中刮一些给你，价钱极便宜，但是现磨出来的，闻得到香味。

回到家里，起油锅，加切碎的洋葱，把香料膏爆香，然后加其他食材，炒至半熟，再转个大锅加水，将食材慢慢地煮熟，咖喱即成。rogan josh 加了大量的芝士，korma 加了腰果酱糊，aloo gobi 加了番茄酱。后来英国人还加烈酒去煮呢。在英国，咖喱已成为他们的国食。

咖喱先传到了印度尼西亚，又从印度尼西亚传到马来西亚，中间的变化是加了浓厚的椰浆进去，所以这一派的咖喱非常香浓，又加大量辣椒，刺激得很。

咖喱传到泰国之后，演变为青咖喱和红咖喱。前者用来煮鸡肉，加了青辣椒、香茅、大蒜、黄姜、柠檬叶、芫荽籽、茴香和罗望子。除了鸡，还下小茄子，是泰国特色。这种小茄子只有指甲般大，但茄味十足。红咖喱主要用来煮海鲜，多加了西红柿和虾米酱，其他香料大致相同，小茄子也不可减少。

早年在中国香港吃到的都是巴基斯坦咖喱，是由英国军队和警察局的巴籍厨子传过来的。他们的咖喱是不放椰浆的，只用现成的咖喱粉（装在玻璃瓶子里的那种，老香料店还是有得出售）炒大量的洋葱，再加水煮到把洋葱煮烂为止，所以咖喱汁有特别的甜味。现在，如果经过巴基斯坦式咖喱的专卖店，也一定能看到门口堆积着一大袋一大袋的洋葱。

南洋人煮咖喱鱼头时，也加了秋葵。这种被称为"淑女手指"的蔬菜煮烂后黏性很强，好吃的是它的种子，一粒粒喂满了咖喱汁，细嚼后在嘴里爆炸，非常美味。

在发明拉面的二十世纪六十年代，日本人也染上吃咖喱的风气，拉面最初叫"中华拉面"，而咖喱则叫"爪哇咖喱"。刚开始，日本咖喱一点都不好吃，一味是甜，咖喱粉下得极少，而日本人不会吃辣，以糖代之，故他们的咖喱愈来愈甜，极为难吃，有爪哇名而无爪哇味。

但他们有精益求精的精神，而且海外旅行者渐多，吃辣的口味也逐渐养成。当今超市卖的咖喱酱包中有种叫 LEE 的牌子的，最初是"辛味×2"（他们没有"辣"字，以"辛"代之），那是辣味加倍的，后来有"×5""×10"的，现在"×50"的产品也出现了。

韩国人对咖喱还是难以接受，虽然他们也爱吃辣，但在首尔不见有什么咖喱饭店。不过，近年来有愈来愈多的韩国人爱上了咖喱。我的徒弟阿里耇耇也非常喜欢，我到了日本就买"×50"的 LEE 牌咖喱给他。他收到后自己还再加辣，说那样才过瘾。

咖喱的确是好东西。我在旅行时如患了感冒，就一点胃口也没有，但不吃饭又没有抵抗力，这时只有在酒店叫咖喱饭，才勉强吃得下，体力恢复后又是好汉一条。

我一直主张飞机餐应该有咖喱饭，在空中什么都不想吃，见到咖喱才可以吞几口。从前有家日本航空的老总是我朋友，请我设计飞机餐，我即刻加了咖喱，结果不出所料，大受欢迎。可惜那家公司后来被全日空收购去，在飞机上再也吃不到咖喱了。

可否食素?

小时候我家星期天不开伙食,一家老小到餐厅吃顿好的。

"妈妈,去吃些什么?"一次我问妈妈。

妈妈回答:"今天是你婆婆[1]的忌辰,吃斋。"

"'斋'字怎么写?"

看到一个像"齐"的字,妈妈指着它说:"这就是'斋'了。"

桌上摆满的,是一片片的叉烧,也有一卷卷炸出来的所谓素鹅。最好笑的,是用一个模型做出了一只假得很不像样的鸡来。

吃进口,满嘴是油,也有些酸酸甜甜,所有菜味道都相似,口感亦然。一共有十道菜,吃到第三碟,胃已胀,再也吞不下去了。

"什么做的?"我问。

"多数是豆制品。"爸爸说。

"为什么要假装成肉?干脆吃肉吧!"这句话,我说到今天。

我有一个批评餐厅的专栏,叫《未能食素》,写了二十多年了。读者看了,问:"什么意思?"

"意思是还没有达到吃素的境界,表示我还有很多的欲望,

---

1. 婆婆:粤语,外祖母。

但我并不是完全不吃斋的。"我回答。

"喜欢吗?"

"不喜欢。"我斩钉截铁。

到了这个阶段,可以吃到的肉我都已试过,从最差的汉堡肉到最高级的三田牛肉。肉好吃吗?当然好吃,尤其是很肥的东坡肉。

蔬菜不好吃吗?当然也好吃。天冷时的菜心,那种甘甜是文字形容不出的。

为什么不吃斋呢?因为做得不好呀!做得好,我何必吃肉?

迄今为止吃过的好吃的斋菜有最初开张时的功德林做的。他们把粟米须炸过,下点糖,撒上芝麻,做出一道上等的佳肴,我到现在还记得清清楚楚。当今,听人说这家已大不如前。

在日本的庙里吃的蔬菜天妇罗,精致无比。有一家叫"一久"的,在京都大德寺前面,已有五百多年历史,二十几代人一直传承下来。菜单上写着"二汁七菜",有一饭,即白饭;一汁,是味噌汤;一木皿,其中是青瓜和冬菇的醋渍;另一木皿中是豆腐、烤腐皮、红烧麸、小番薯、青椒;平碗,盛着菠菜和牛蒡;猪口[1](名字罢了,没有猪肉),盛着芝麻豆腐;小吸物[2],是葡萄汁;八寸[3],有炸豆腐、核桃甘煮[4]、豆子、腌萝卜茄子、辣椒;汤桶[5],清汤。

用的是一种叫"朱碗"的红漆器具,那是根据由中国传来的佛教餐具制作的。漆师名叫中村宗哲,是江户时代的名匠。器具

---

1. 猪口:日语,(酒杯形的)小菜碟。
2. 吸物:日语,日式汤,一般指清汤。
3. 八寸:日语,怀石料理中用的八寸方形器皿,亦指盛在里面的菜。
4. 甘煮:日语,甜味炖菜。
5. 汤桶:日语,盛热水的木质器具。

用了二百年,还是像新的一样,当然是因为保养得极佳。这是招待高僧的最佳服务。

但是吃那么多,是和尚该有的心态吗?如果是我,一碗白饭,一碗汤,一些腌菜,也就够了吧?

吃斋应该有吃斋的意境,愈简单愈好,像丰子恺先生说的,修的是一颗心。他也说过,其实喝白开水,也杀了水中的细菌。而且,佛经上没有不能吃肉的记载,都是后来的和尚创造出来的戒条。

日本人称斋菜为"精进料理"。"精进"这两个字也不是什么禅宗的说法。和尚吃的是日常的蔬菜,山中有什么吃什么,当然用心去做,这也是修行的道理。菜做得精一点不违反教条,所以斋菜被叫成"精进料理"。

各种日本菜馆已经开到通街都是,就是没有人去做精进料理。如果在中国的大城市开一家,是大有钱可赚的。

吃素我不反对,我反对的是单调,何必尽是豆腐之类呢?东京有一家叫"笹之雪"的店,店名好有诗意,专门卖豆腐。叫一客贵的,竟有十几至二十道豆腐菜。我吃到第四五道,就开始发噩梦,感觉豆腐从耳朵里流了出来。

何必一定要吃豆腐、腐皮、蒟蒻呢?还可以用一般的豆芽、芥蓝、包心菜、西红柿、薯仔等等,数不胜数。再花一点心思,找一些特别的,像海葡萄,这种海里的昆布口感像鱼子酱,好吃得不得了。哎呀!这么一想,又是吃肉了。

各种菇类也吃不完。一次到了云南,来了个全菌宴,最后把所有的菇都倒进锅里吃火锅。虽然整锅汤甜得不能再甜,但也会吃厌。

　　我喜欢的蔬菜有春天的菜花，那种又甜又苦的味道我百吃不厌。菜花又很容易烫熟，弄个方便面，等汤滚了放一把菜花进去，焖一焖即熟，要是烫久了就味道尽失。就是中国香港的菜市场没有卖的，我每到日本都买一大堆回来。

　　还有苦瓜呢。苦瓜炒苦瓜这道菜是把烫过的和未烫的苦瓜片用滚油来炒，再下点豆豉，已经是一道佳肴。如果蛋算是素的的话，加进去炒更妙。

　　人老了，什么都尝过时，还是那碗白饭最好吃。我已经渐渐地往这条路去走，但要求米是五常米或者日本的艳姬米，这样炊出来的白饭才好吃。这一来，欲望又深了，还说什么吃斋呢？还是未能食素！